W0412928

CHRIS THAME

Schwarzwald. Blutrot

REELLE FIKTION Ein Kruzifix löst sich von der Kirchenwand und erschlägt den Priester, der gerade die Messe hält. Ein Zettel auf dem Kreuz verweist das Ermittlerduo von der Kripo auf das alttestamentliche Prophetenbuch Amos. Bald darauf explodiert der Altar der Kirche. Und wieder tauchen Zeilen aus dem Buch Amos auf. Die Idee zu diesem Plot hat der Krimiautor und Biologielehrer Nils Kielsen aus dem Religionsunterricht seiner Tochter. Mit viel Schwung schreibt er neben seinem Lehrerdasein Kapitel um Kapitel. Doch noch bevor seine Ermittler dem Täter auf die Spur kommen, wird sein Krimi von der Wirklichkeit eingeholt. Ein Priester stirbt durch ein herabfallendes Kreuz, ein Altar wird zerstört, und dann passiert auch noch ein Mord direkt im schulischen Umfeld von Nils Kielsen. Jetzt gerät er selbst unter Verdacht. Doch welche Rolle spielt eigentlich der Lektor des Autors? Und was hat es zu bedeuten, dass der Bürgermeister des Schwarzwalddorfs ganz offensichtlich Feinde hat?

Nils Kielsen wird Teil seiner eigenen Geschichte – und wehrt sich nach Kräften dagegen …

© Fotostudio Stock-Müller, Freiburg

Chris Thame ist das Pseudonym einer deutschen Autorin, die im schwäbischen Reutlingen geboren wurde. Noch zu Schulzeiten hat sie ein Jahr in den USA verbracht und später in Marburg, Straßburg und Tübingen evangelische Theologie studiert. Vor rund 20 Jahren ist Thame ins Pfarramt ordiniert worden. Die Liebe zur Theologie konnte die Pfarrerin in einer späten Promotion ausleben. Für die Liebe zur Sprache hat sie verschiedene Einsatzorte: Radioansprachen, Gottesdienste, Unterricht. Erdung erfährt Thame immer wieder aufs Neue im Gespräch mit ihrem Mann und den drei Töchtern. Über die Jahre sind Freiburg und der Schwarzwald zu ihrer Heimat geworden, die Neugier auf Menschen und ihre Geschichten ist geblieben.

CHRIS THAME

Schwarzwald. Blutrot

Kriminalroman

GMEINER

Immer informiert

Spannung pur – mit unserem Newsletter informieren wir Sie regelmäßig über Wissenswertes aus unserer Bücherwelt.

Gefällt mir!

Facebook: @Gmeiner.Verlag
Instagram: @gmeinerverlag
Twitter: @GmeinerVerlag

MIX
Papier aus verantwortungsvollen Quellen
FSC® C083411
FSC www.fsc.org

Besuchen Sie uns im Internet:
www.gmeiner-verlag.de

© 2020 – Gmeiner-Verlag GmbH
Im Ehnried 5, 88605 Meßkirch
Telefon 07575/2095-0
info@gmeiner-verlag.de
Alle Rechte vorbehalten
1. Auflage 2020

Lektorat: Susanne Tachlinski
Herstellung: Mirjam Hecht
Umschlaggestaltung: U.O.R.G. Lutz Eberle, Stuttgart
unter Verwendung eines Fotos von: © Marcus Witte / shutterstock.com
Druck: CPI books GmbH, Leck
Printed in Germany
ISBN 978-3-8392-2592-9

Personen und Handlung sind frei erfunden.
Ähnlichkeiten mit lebenden oder toten Personen
sind rein zufällig und nicht beabsichtigt.

1. KAPITEL (MONTAGABEND)

Keine Ahnung, wie ich überhaupt noch unterrichten könnte ohne Eva-Maria. Regelmäßig frage ich mich, wie andere ohne eine solche Frau das schaffen. Wie kann man bei vollem Deputat normal bleiben, und wenn ja, wie lange?

Jede Schule ist eine Vorhölle aus stimmbrüchig pubertierenden Siebtklässlern, chauvinistischen oder psychokastrierten Kollegen und sozial überambitionierten Kolleginnen. Und selbst falls diese Mischung aus undurchsichtigen Gründen noch irgendwie erträglich sein sollte – es gibt ja auch noch die Eltern. Von Zeit zu Zeit bekomme ich E-Mails, in denen Eltern mir klarmachen wollen, dass die 4–5 ihres Kindes in Englisch nie und nimmer dessen Leistungsstand abbilde, sondern eher das Niveau meines Unterrichts. Neulich bekam ich sogar einen Brief von einem Anwaltsbüro. Im Auftrag eines Vaters einer meiner Neuntklässlerinnen, die auch nach vier Jahren Englischunterricht noch nicht über das Niveau von »he-she-it:-das-s-muss-mit« gekommen ist. Das Büro fragte mich allen Ernstes nach meiner Lehrbefähigung und drohte mir ein Verfahren wegen Erschleichung von Steuergeldern an.

Wenn ich Eva-Maria von diesen Demontagen meiner Autorität erzähle, hört sie mir zwar aufmerksam zu. Aber dann macht sie eine Bemerkung, und ich kann plötzlich mit ihr darüber lachen.

Heute Morgen zum Beispiel: Lion aus der 7d liest einen selbst geschriebenen Dialog zur Bildergeschichte im Englischbuch vor. In der Story geht es um einen Mann, der einen Schneeball ins Gesicht kriegt und sich die Hände vor die Augen schlägt. Lion lässt den Mann rufen – ohne zu wissen, dass er damit einen klassischen Vokabelfehler begeht: »My eggs, my eggs – it hurts me!« Passiert öfters mal: Die Kinder denken in einer Doppelschlaufe: Auge – eye – Ei – egg ... Heute Morgen jedenfalls verhakte sich Lion in dieser Doppelschlaufe. Die anderen starrten ihn erst entsetzt an, dann brach das Gelächter los. Den Rest der Stunde brüllte immer ein anderer »My eggs, my eggs« und hielt sich prustend die Hände vor die Augen. An einen ordentlichen Unterricht war nicht mehr zu denken. Dagegen ist man irgendwie machtlos.

Und Eva-Maria? Hört sich am Mittag meine Pein an, lächelt verwegen und fragt: »And what about yours? How about some recreation?« Wäre nicht Henriette gerade aus der Mittagsschule gekommen, hätte sie mich mitten am Tag ins Bett geschleift.

Henriette allerdings hat mich dafür auf eine neue Krimi-Idee gebracht!

Jedes Mal, wenn sie montags aus der Schule kommt, verwendet sie ihre letzte Energie darauf, ihre Schultasche in die hintere Ecke unseres nicht gerade kleinen Flurs zu schleudern. Dann stapft sie in die Küche, fragt: »Was gibt's?«, und hängt ohne eine Antwort abzuwarten noch ein »der ist sooo blöd!« dran.

Sie meint damit ihren Relilehrer, den sie schon seit der fünften Klasse blöd findet und wohl erst nächstes Jahr im Kurssystem loswird. Der arme Kerl – er tut mir leid. Das harsche Urteil hat er vermutlich nicht verdient. Aber Gemeindepfarrer an Gymnasien sind selten eine Idealbesetzung. Immerhin hat er immer mal wieder Beerdigungen, dann kommt Henriette freudestrahlend früher nach Hause. Heute allerdings war alles wie immer. Eva-Maria und ich reagierten auch wie immer: Augenbrauen hoch und einmal tief im Chor geseufzt.

Anders als sonst redete Henriette aber weiter: »Wieso kommt der uns jetzt in der zehnten Klasse noch mit Amos? Amos! Das ist siebte Klasse. Der ist wahrscheinlich noch nie über den Lehrplan von Klasse sieben rausgekommen. Und überhaupt – wen interessiert schon Amos mit seinen abgedrehten Visionen. Obstkörbe, Bleilote, Heuschrecken – und Altäre mit Hörnern ... Soll er doch zu Hause bleiben und den Kirchenaltar schmücken, wahlweise mit faulem Obst oder gegrillten Heuschrecken.«

Und dann, mit einer schwungvollen Drehung zu mir: »Papa, findest du, man muss Amos unbedingt zweimal durchnehmen?«

»Äh, also Amos, äh …«, mehr fiel mir nicht ein. Ich wusste nicht, wer das sein sollte, dieser Amos. Jedenfalls konnte ich mich nicht daran erinnern, dass das bei mir je Unterrichtsstoff gewesen wäre.

»Ja, klar«, sagte aber meine wunderbare Frau, »Amos ist ein Klassiker der Sozialkritik. Sozusagen der Vorläufer von Marx. Und außerdem sind es nur neun Kapitel oder so. Stell dir vor, dein Lehrer hätte sich auf Jesaja spezialisiert. 66 Kapitel, und dann auch noch auf drei unterschiedliche Zeitepochen verteilt – dann doch lieber Amos. Und jetzt gibt es Essen: gegrillte Heuschrecken mit Obsthörnchen. Guten Appetit!«

Die gefüllten Pfannkuchen beruhigten Henriette eine Weile. Aber dann ging es wieder los: »Ich meine, warum sollte mich – eine kosmopolitische Bürgerin einer Großstadt im dritten Jahrtausend – interessieren, was irgend so ein dahergelaufener Feigenzüchter einem Underdog-König im achten Jahrhundert vor Christus zu sagen hat?«

»Er war Maulbeerfeigenzüchter, das ist was anderes. Und außerdem erfolgreicher Viehzüchter.«

Ich bin immer wieder erstaunt, was meine mir angetraute OP-Schwester alles weiß. Je abstruser ein Sachverhalt ist, desto sicherer kann sie ihn sich behalten. Offensichtlich gehörte Amos also doch auch schon zu unseren Schulzeiten zu den Unterrichtsthemen.

»Na und? Das macht ihn auch nicht gegenwartsbezogener«, patzte Henriette zurück. Ein Vokabular wie ein altkluges Lehrerkind. Sie sollte vielleicht doch öfter mal Comics lesen.

»Nils, du bist schon fertig mit Essen. Hol doch mal die Bibel.« Eva-Maria lächelte mich an.

Ich stand auf, blieb dann aber unschlüssig im Raum stehen: »Wo haben wir denn eine?«

»Na, links oben im Regal im Flur, in der Reihe bei den Lexika.«

In der Tat: In blaues Leinen gebunden fand ich jene Bibel, die ich vor rund 25 Jahren zur Konfirmation geschenkt bekommen hatte. »In des alten Bundes Schriften, merke an der ersten Stell: Mose, Josua und Richter, Ruth und zwei von Samuel ...« – ich war baff, dass ich das noch konnte. Jedenfalls hatte ich erstaunlich schnell Amos aufgeschlagen, ohne das Inhaltsverzeichnis zu bemühen, und blieb die nächste Viertelstunde gebannt vor dem Regal im Flur stehen. Wow – das war eine Sozialkritik, die sich gewaschen hatte. Da könnte sich so mancher SPD-Politiker eine Scheibe abschneiden.

Als mich Eva-Maria im Stehen lesend im Flur fand, war meine Idee bereits geboren: Amos im Schwarzwald! Dieser Prophet traf meines Erachtens mit seinem Privilegiertenrundumschlag den Nerv unserer Zeit. Mir schwebte eine saftige Gesellschaftskritik vor, die ich mit einem Mord im römisch-katholischen Tannenwipfelmilieu verbinden wollte.

Als es an der Tür klingelte, schlug ich die Bibel zu, küsste Eva-Maria auf die Stirn und sagte geheimnisvoll: »Ich werde nachher meinen Lektor anrufen – eine Idee ist geboren!« Dann öffnete ich Frieda die Tür.

Reinkommen und Losplappern waren eins: »Ich weiß schon, ich hätte mir die Haare föhnen sollen. Aber dann wäre ich noch später gekommen, safe! Waren drei Leute vor mir dran.«

Die Elfjährige wartete meinen Kommentar gar nicht ab, sondern ließ mir die Schultasche auf den Fuß fallen und rannte in die Küche; »Ist-noch-was-übrig«-Rufen und Losessen ging gleichzeitig. Ich nahm Friedas Schultasche und stellte sie vor ihr Zimmer. Dann schnappte ich mir die blaue Lutherbibel und zog mich in mein Arbeitszimmer zurück.

Wenn ich meine Idee sofort aufschrieb, würde mir nichts wegrutschen. Alle Unterrichtsunterlagen auf meinem Schreibtisch verfrachtete ich dazu stoßweise auf den Boden. Am Ende hatte ich vier adrette Stapel: Englisch Kursstufe, Englisch Unterstufe, Bio Kursstufe und einen Stapel mit Klassenarbeiten, die ich eigentlich dringend korrigieren sollte. Doch jetzt breitete ich einen Doppelbogen Karopapier auf dem Schreibtisch aus und malte eine Ellipse in die Mitte, in die ich das Wort »Schwarzwalddorf« schrieb. Dann setzte ich meine weiteren Gedanken in Form von Begriffsellipsen dazu: »Kruzifix«, »Gottesdienstkritik«, »Emanzipation versus Konservativismus«, »Bereicherung« und so weiter. Schließlich verband ich die Stichwörter mit verschiedenfarbigen Linien, auf die ich teilweise Personenbeschreibungen und

Handlungsmöglichkeiten setzte. Innerhalb kürzester Zeit nahm meine Mindmap zum Thema Amos im Schwarzwald Gestalt an. An den Rand schrieb ich Personennamen, die mir passend schienen, und verfasste kurze Charakterisierungen. Es hatte mich richtig gepackt. Ich sah den Ort des Verbrechens bereits vor mir: eine barocke Kirche mit Zwiebeldach, davor ein kleiner Brunnen, dahinter der Friedhof, nur mit einer niedrigen Steinmauer vom Kirchenareal getrennt. Kletterrosen am Kirchenkorpus. Ein Dorf, das einmal hübsch gewesen war, bis es in den 70ern wesentlich erweitert wurde und in den 90ern schließlich mehr und mehr auch von Menschen bewohnt wurde, die jeden Morgen den Weg nach Freiburg auf sich nahmen.

Eine Stunde später rief ich bei meinem Lektor Behringer an. Eine junge Frau, deren Namen ich nicht verstand, nahm ab. Als sie meine Verwirrung bemerkte, erklärte sie mir, dass sie für einige Wochen ein Praktikum bei Herrn Behringer mache, der gerade nicht da sei. Sie würde ihm jedoch gerne mein Anliegen ausrichten und so weiter und so fort. Ich skizzierte ihr in wenigen Sätzen meine Idee zu einem neuen Krimi, bei dem ich Motive aus dem Buch Amos mit einer katholischen Dorfgemeinde in Verbindung bringen wollte. Ich hörte, wie sie mitschrieb.

Eine Stunde später rief Behringer persönlich zurück: »Prima Sache! Darf nur nicht zu holzschnittartig werden. Es soll nicht rauskommen, dass die katholische Kirche verlogen ist oder so, okay? Die haben ja genug mit den ganzen Missbrauchsskandalen zu tun. Da hauen Sie bitte nicht in dieselbe Kerbe.«

»Nee, ist klar. Das wäre zu billig«, beschwichtigte ich, »soll ich Ihnen die fortlaufenden Kapitel mailen oder lieber erst, wenn ein größerer Teil fertig ist?«

»Nun ja, in zwei Wochen ist ein wichtiges Meeting mit der Verlagsspitze. Wenn Sie mir bis dahin genügend Material geliefert haben, kann ich versuchen, Ihren Krimi in die neue exklusive Freiburg-Edition reinzubekommen. Das wäre für Sie lukrativ und für uns ein authentischer Freiburger Name mehr in der Edition. Schaffen Sie das?«

»Mal schauen. Ich hab gerade nicht viel Stress in der Schule. Also, ich fange einfach mal an und schicke Ihnen dann immer meine jeweiligen Fortschritte.«

»Abgemacht! Dann lassen Sie Ihren Amos mal losmarschieren!«

Ich legte zufrieden auf. Dabei fiel mein Blick noch mal auf den Stapel mit der Englischarbeit der zehnten Klasse. Schnell schaute ich weg. Erst mal joggen gehen. Die kleine Runde. Und dann recherchieren, wer Amos eigentlich gewesen ist und auf welche Probleme seiner Zeit er damals reagiert hat.

Wie gut, wenn man eine Universität in der Stadt hat mit echten Büchern. Den Nachmittag verbrachte ich in der theologischen Fakultät in der Abteilung Altes Testament. Sehr schnell hatte ich eine erste Erkenntnis: Auch in der Theologie gehörte Amos offensichtlich nicht zu den allerheißesten Themen. Der neueste Kommentar zu Amos, den ich in den Regalen fand, war von 2013. Davor gab es zwei Bücher vom Anfang der 2000er. Ich nahm die drei voluminösen Bände mit an einen Arbeitstisch und schrieb mir die interessantesten Fakten raus.

Bevor ich wieder nach Hause radelte, trank ich noch einen Espresso im »Kolbenkaffee«. Obwohl es schon nach fünf war, musste ich mich an einen der Stehtische dazudrängeln. Die Kombination von richtig gutem Kaffee und den Nusshörnchen, die es hier gibt, lohnt aber jede Enge. Die Nussfüllung steckt in einem Mürbeteig, der ganz leicht salzig schmeckt und den speziellen Reiz dieses Gebäcks ausmacht. Obwohl es dort auch noch jede Menge anderer wunderbarer Backkunstwerke gibt – zum Beispiel Millefeuilles und Eclairs –, nehme ich doch fast jedes Mal ein Nusshörnchen.

Noch vor dem ersten Abbeißen bekam ich plötzlich ein schlechtes Gewissen. Für Amos hätte ich damals wohl zur dekadenten Oberschicht gehört, die sich jeden Luxus gönnt und sich einen Dreck um die Unterschicht schert.

Als ich später mein Geschirr in die Durchreiche stellte, warf ich einen Euro in das Trinkgeldtöpfchen am Tresen und fühlte mich etwas besser.

2. KAPITEL (DIENSTAG)

Eberhard Reuter liebte die Dienstagvormittage. Dienstags begann Frau Kärnten ihren Dienst erst um 11 Uhr. Wenn er gegen halb neun die schwere Eichentür aufschloss, den extragroßen Briefkasten leerte und dann mit dem großen Packen Post die Sandsteintreppe nach oben ging, fühlte er sich wichtig und unabhängig. Auch an diesem Dienstag gelang ihm das Kunststück, mit nur einer Hand die Tür zu seinem Büro aufzuschließen. Von einer tiefen Zufriedenheit erfüllt warf er die Post mit einer eleganten Bewegung auf seinen Schreibtisch und zog die schweren Gardinen vor dem Fenster zurück. Sofort flutete das Morgenlicht Reuters Schreibtisch.

In perfekter Ordnung und Harmonie lagen dort wenige Utensilien. Er setzte sich in den modernen mit Leder bespannten Arbeitssessel und griff nach seinem silbernen Brieföffner. Er atmete tief durch – jetzt begann sein größter Genuss an den Dienstagen: Mit dem passgenau in der Hand liegenden Brieföffner an der einzig richtigen Stelle eines verschlossenen Umschlags anzusetzen und mit einer minimalen, exakt bemessenen Bewegung das Kuvert zu öffnen. Er schloss die Augen, wenn das säuselnde Ssssssd der Klinge das Papier zerschnitt. Insgeheim stellte er sich dabei vor, er sei ein Schächter, der das zum Essen bestimmte Schaf in liebevoller Verbundenheit mit den Ahnen schnell und schmerzlos tötete. Um den Genuss zu verlängern, öffnete er jeweils nur einen Brief, nahm den Bogen heraus, übersah den Inhalt und entschied dann, ob die Angelegenheit auf seinem Schreibtisch bleiben, oder ob er es an Frau Kärnten weiterreichen würde. Zu letzterem Behuf stand ein silberner Aktenkorb in Reichweite. Was bei ihm bleiben sollte, strich er glatt und legte es, bis alle Post geöffnet war, auf die linke Seite seines Schreibtischs. Das erste Schreiben, das er schächtete, war eine Einladung des Schützenvereins zum nächsten Schützenfest. Es kam in den Korb für die Sekretärin, sie würde entscheiden, ob sein Terminkalender eine solche Einladung hergab. Den nächsten Umschlag öffnete er erst, nachdem er liebevoll das gepolsterte Papier ein wenig gedrückt hatte. Dieses Schreiben würde bei ihm bleiben: das Protokoll der letzten Aufsichtsratssitzung des SC, seinem Fußballklub in Freiburg. In Gedanken an den Ausgang des letzten Spiels versunken, bemerkte er nicht, dass der nächste Brief keinen Absender trug. Als die Klinge durch das Papier schnitt, ärgerte er sich über dessen offenkundig mindere Qualität, da das Ssssssd keinen satten Klang hatte. Der Briefbogen war mit einer herausgerissenen Bibelseite beklebt. Er las die unterstrichenen Sätze: »Ruft es aus über den Palästen … versammelt euch auf den Bergen … seht euch das wilde Treiben in der Stadt an und die Unterdrückung, die dort herrscht. Sie kennen die Rechtschaffenheit nicht – Spruch des Herrn – sie sammeln Schätze … Darum – so spricht Gott, der Herr: Ein Feind wird das Land umzingeln; er wird deine Macht niederreißen und deine Paläste werden geplündert. … Ja, an dem Tag … werde ich an den Altären von Beth-El die Strafe vollziehen … Ich zerschlage den Winterpalast und den Sommerpalast … und mit den vielen Häusern ist es zu Ende – Spruch des Herrn.«

Reuter runzelte die Stirn. Entschlossen warf er das anonyme Schreiben in den Papierkorb.

Er nahm den nächsten Brief zur Hand. Alarmiert nahm er zur Kenntnis, dass er von seiner Exfrau war. Das Ssssssd klang genauso schrill wie ihre Stimme. Zum Glück schrieb sie nichts, was ihn ärgern konnte. Das Schreiben enthielt eigentlich nur die sachliche Information, dass die studierende Tochter eine Mieterhöhung bekommen hätte und deshalb der monatliche Betrag um 30 Euro aufgestockt werden musste.

Kein Problem, dachte er und legte den Briefbogen links ab. Ihm fiel ein, dass er seine Tochter seit Beginn ihres Studiums nicht mehr gesehen hatte. Womöglich schrieb sie gerade ihre Bachelorarbeit.

Er spürte etwas wie einen Nadelstich in der Herzgegend. Ich sollte mal wieder zum Arzt, überlegte er und nahm den nächsten Brief zur Hand, der das Signet der Pfarrgemeinde trug – eine Art Standarte, an deren Spitze ein Kreuz rankte, darum herum in einer Ellipse angeordnet die Adresse des Pfarramts. Das Signet war erträglich, doch das billige Papier ließ es beliebig erscheinen. Er hatte Hans schon oft geraten, ja, ihm sogar angeboten, anderes Büropapier zu besorgen, aber der hatte nie darauf reagiert. Entsprechend enttäuschend war das Geräusch beim Öffnen des Umschlags. Die Spendenbescheinigung über 200 Euro legte er in den Korb für Frau Kärnten, sie würde es bei den Unterlagen für seine Steuererklärung abheften.

Zwei weitere Briefe warf er ungeöffnet in den Papierkorb. Werbepost fand er seines Brieföffners unwürdig. Den letzten Umschlag schlitzte er zwar genussvoll auf, legte ihn dann jedoch als Ganzes in den Korb seiner Sekretärin; es war die Telefonrechnung.

Eine plötzliche Unruhe brachte ihn dazu, nicht gleich seinen Terminkalender zu öffnen, sondern doch noch einmal das anonyme Schreiben aus dem Mülleimer zu ziehen. Diesmal las er die Sätze aufmerksamer.

Wer konnte dahinterstecken? Hing es mit dem Grundstücksverkauf der Kommune zusammen, oder spielte der Absender auf seine erst kürzlich erworbene Stadtwohnung an?

Aber er hatte sich nichts vorzuwerfen. Als Mitglied des SC-Aufsichtsrats musste er auch mal in Freiburg übernachten können. Das war vermutlich sogar steuerlich absetzbar, so ein Wohnungskauf wegen ver-

einsbedingter Pflichten. Sein Steuerberater würde das schon deichseln. Und er war ja bescheiden geblieben, nichts Großes. Zwei Zimmer in der Wiehre, 75 Quadratmeter. Kleiner Dachgarten anbei. Plus Stellplatz im Hof. Schließlich wollte er seinen Volvo XC40 nicht einfach irgendwo in der Zasiusstraße abstellen müssen. Die parkten da immer so eng, dass Nummernschilder Dellen abbekamen. Und die Versicherung zahlte solche Schäden nicht. Aber konnte dieser bescheidene Luxus Anlass für einen anonymen Briefautor sein, ihm Bibelzitate zu schreiben? Wer würde ernsthaft Anstoß nehmen an juristisch einwandfrei zu rechtfertigenden Entscheidungen?

Sollte seine Katze ihm sein Refugium in Freiburg missgönnen? Nur wegen der kleinen Auseinandersetzung neulich?

Reuter verwarf den Gedanken: Eher nicht, sie war immer direkt. Anonyme Briefe passten nicht zu ihrem Temperament.

Ob seine Exfrau fähig war, so ein Schreiben aufzusetzen?

Schon eher denkbar. Aber wenn er richtig darüber nachdachte: Nein, Alexandra würde niemals eine Bibel zerreißen. Nicht mal, um ihn zu provozieren.

In seine Überlegungen hinein klingelte es an der Tür.

Reuter fuhr hoch, schlug mit der einen Hand den Terminkalender auf, mit der anderen bediente er den Türöffner. Ach ja, Hans hatte sich angemeldet. Er stieß sich mit den Füßen ein wenig ab, ließ sich im Stuhl zum Regal rollen und hatte mit einem einzigen Handgriff den rot-schwarzen SC-Ordner aus dem Regal geholt. Die Satzung des Aufsichtsrats war vorne eingeheftet. Heute wollte er mit Hans noch mal über seine Chancen reden, in Bälde einen der beiden Vorstandsposten beim SC zu besetzen. Es ging darum, wie er die übrigen Aufsichtsräte unauffällig dazu bewegen konnte, seinen Namen ins Spiel zu bringen. Zum Ehrenrat hatte Hans noch viele Kontakte; da würde er hilfreich tätig werden.

3. KAPITEL (DIENSTAG)

Dienstage fand ich schon immer großartig. Der Wocheneinstieg am Montag ist geschafft; von Dienstag an kann man sich zwischen Gasgeben und Routine entscheiden. In diesem Schuljahr sind meine Dienstage besonders prima: eine Doppelstunde Englisch in der Neunten und dann am späten Nachmittag noch eine Stunde Bio bei den Kleinen. Ansonsten: Joggen oder Schreiben! Von halb zehn bis zwölf und dann noch mal nach der Mittagspause von zwei bis halb vier.

Ich setzte mich an diesem Morgen gleich an den Schulcomputer und begann mein erstes Kapitel:

Immerhin sieben! Mit einem Blick aus dem Augenwinkel hatte er sie gezählt. Er konnte es einfach nicht lassen: Jeden Morgen beim Umdrehen zum Kreuz erfasste er alle Anwesenden und zählte sie. Sieben, dachte er zufrieden und beugte sein rechtes Knie tief vor dem gekreuzigten Christus, das linke bildete einen rechten Winkel. Die alte Weber war da, verdrießlich und verlässlich wie jeden Morgen um sieben. Die Nolte – gut befreundet mit Magda Weber und außerdem zuverlässige Kuchenbäckerin für Gemeindefeste, seine Nichte Ann-Katherine mit ihrer Tochter, Kommunionskind, dann noch Alois, der wohl gerade vom Zeitungsaustragen zurückkam und – und das überraschte ihn – ein junger Mann, den er bisher noch nie gesehen hatte, vielleicht ein Tourist. Seine Haushälterin Berta war natürlich auch da, aber das verstand sich von selbst. Genauso wie sein Diakon.

Sein Mund berührte den Altar, Zeichen der Präsenz Christi.

Er hatte ein wenig zu lange über den jungen Mann nachgedacht, das spürte er an seinem Knie, als er sich wieder aufrichtete. Denn eigentlich vollzog nicht er selbst den Gottesdienst, sondern seine Körperteile feierten die Messe selbstständig. Sie hatten die Bewegungen, Drehungen, Beugungen über die Jahre aufgesogen. Sobald er diese Kirche betrat, erinnerten ihn seine Beine, Gelenke, Arme an den jeweils nächsten Schritt. Auch jetzt breiteten sich seine Arme aus und seine Stimme folgte der Bewegung: »Im Namen des Vaters und des Sohnes und des Heiligen Geistes. Amen.«

Sein rechter Arm führte die Hand zum Kreuzzeichen. »Der Herr sei mit euch«, sprach es wie von selbst aus ihm. Und die kleine Gemeinde murmelte ihm entgegen: »Undmitdeinemgeist«.

Er verzichtete am Morgen auf das Bußgebet und ließ stattdessen ein Bußlied singen.

Sein Körper stemmte sich aus dem schweren Stuhl

empor. Sein Mund sang, seine Augen waren starr auf das Gotteslob gerichtet, und doch nahm er jede Bewegung der vier Ministranten wahr, die heute Frühdienst hatten.

Die Kyrierufe des Kantors ließen seine Beine aufstehen. Gloria, Tagesgebet, Lesung. Der Diakon las den Abschnitt aus dem Alten Testament. Und mit der Gemeinde hörte er sich antworten: »Dank sei Gott«. In seiner Brust sammelten sich Kraft und Klang, um in das Responsorium des Psalmes einzustimmen. Die Melodie brach sich durch seine Lungen und über den Kehlkopf hinaus Bahn.

Wie jeden Tag genoss er den Einklang seines Körpers mit dem feierlichen Geschehen, das sich selbst trug.

Zweite Lesung, Antwort und dann das Halleluja! Vorbereitung des Evangeliums. Jetzt war er an der Reihe mit Lesen, nein, mit Bezeugen. Die Größe Gottes in den Worten des Evangeliums. Ein Ereignis, an dem er teilhatte. Von innen heraus. Er spürte es in der Tiefe seines Körpers. Mit der Gemeinde sprach er stehend das Glaubensbekenntnis.

Dann kam der Moment der Gabenbereitung, der Vollzug des Mysteriums durch seine Glieder, seine Stimme, sein Gebet. Aus der Tiefe seines Körpers stiegen die alten gesegneten Worte in den akustischen Raum, der alle umgab. Geheimnis des Glaubens. Er fühlte am ganzen Körper, wie richtig es war, den Tag mit solch einer Messe zu beginnen.

Die Anwesenden sagten später aus, dass ihr Pfarrer an diesem Morgen besonders durchgeistigt gewirkt hätte. Als sei seine Seele von höheren Mächten durchdrungen gewesen.

Womöglich war dies aber auch das Resultat der versuchten Verarbeitung des Geschehens. Alle Anwesenden waren zur Kommunion gegangen, hatten den Leib Christi empfangen. Der Diakon hatte assistiert und den Kelch gleich gereinigt. Auf dem Hostienteller waren noch zwei Hostien übrig. Der Eifer des Diakons mochte den Priester auf die Idee gebracht haben, noch vor den Entlassworten und dem Segen diesen Teller in den Tabernakel zu stellen. Jedenfalls ging er mit dem Teller zur heiligen Wand mit dem bronzenen Kruzifix, während die Kommunikanten noch betend an ihren Plätzen knieten.

In jenem Moment, als er die Tür des Tabernakels öffnete, ging ein Ruck durch die Kirche.

Der Leuchter flackerte. Ein tiefes, unheimliches Krachen lähmte den Priester. Sein Blick ging nach oben. Und so wurde er erschlagen. Vom Kreuz seines Herrn, oder genauer: vom leidenden Corpus Christi.

Die Kirche bebte noch, als das Kreuz schon am Boden lag und das Blut des Priesters den Steinboden langsam und stetig färbte.

Als Erstes regte sich der Diakon. Er machte drei schnelle Schritte auf den Priester zu, hob dann allerdings nur die am Boden zerbrochenen Hostien auf und legte sie mit vorsichtigen Bewegungen in den Schrein in der Wand.

In diesem Moment begann Maria zu schluchzen. Sie war die jüngste Ministrantin und hatte eben einen Spritzer Blut auf ihrem Messgewand entdeckt. Dann bewegten sich alle auf einmal.

Der Diakon eilte mit wenigen Schritten zu Johannes, der ebenfalls am Boden lag. Der Ministrant war von dem Querbalken des Bronzekreuzes getroffen worden und blutete. Seine Schwester Lena hatte er mitgerissen, sie war über die Altarstufen gestürzt und lag äußerlich unversehrt immer noch dort.

Die Haushälterin stürzte auf den Priester zu und begann sofort, laut über seiner Brust zu klagen.

Der Kantor betrachtete verwirrt den Mauerstaub auf seinen Jackenärmeln. Das Choralbuch hatte er reflexartig gerettet; es steckte unter seinem linken Arm.

Der junge Mann verließ fluchtartig die Kirche.

Die Witwen Weber und Nolte waren auf ihre Plätze gesunken und fächelten sich gegenseitig Luft mit dem Gesangbuch zu.

Alois murmelte ohne Unterlass: »Und das vor dem Segen. Er hat uns keinen Segen gegeben. Keinen Segen haben wir!«

Die Nichte des Erschlagenen schließlich zog ihr Kind aus der Kirche und rief über die Schulter: »Ich rufe den Krankenwagen und die Polizei!«

Kommissar Jean Meinte bot sich kurz darauf ein bizarres Bild: Die Sanitäter trugen eben zwei Kinder auf Bahren hinaus. Ein Mann stand stumm mit einem Buch unter dem Arm herum. Der Diakon riss an einer Frau herum, die laut weinend bei dem toten blutigen Priester kniete, ein Mann stammelte: »Segen-Segen-Segen«, und zwei übrige Ministranten starrten bleich und reglos auf das Kruzifix.

Meintes Partnerin Amrei Klume ging zu ihnen. Sie berührte beide mit je einer Hand an der Schulter und sprach sie leise an. Meinte selbst ging zu dem Toten. Der Diakon stellte sich als Stefan Schultes vor – mit ausnehmend ruhiger Stimme, wie der Kommissar sofort feststellte – und nannte den Namen des Priesters: Hans Stolze.

Meinte hörte nur mit halbem Ohr, was der Diakon sagte. Er hatte den Namen der weinenden Frau nicht verstanden. Aber dass sie die Haushälterin des Pfarrers war, hatte er mitbekommen. Und dass sich diese Haushälterin absolut nicht für die anwesende Polizei interessierte, war allzu deutlich.

Ratlos schaute er zu seiner Kollegin – er hoffte, sie könne die heulende Haushälterin irgendwie beruhigen. Doch Klume hörte gerade einem der Kinder, die ministriert hatten, zu. Meinte konnte Bruchstücke verstehen. »Ist das eine Gottesstrafe?«, das war die entsetzte Stimme des Mädchens. »Das hat der nicht überlebt!«, hörte er den Jungen sagen und fand, dass in seiner Stimme nicht nur Entsetzen mitschwang.

Meinte ging zu dem Mann mit dem Buch unter dem Arm. Der Diakon begleitete ihn. »Das ist unser Kantor Ralf Fünfgeld«, stellte er ihn vor, als seien sie auf einem Empfang. Der Kantor nickte nur. »Er hat oben auf der Orgelempore gesessen, als es passiert ist«, fügte Schultes noch hinzu.

Meinte sah den Diakon verärgert an und fragte dann Fünfgeld direkt: »Wie haben Sie den Vorgang erlebt?«

Der Kantor nahm sein Choralbuch in beide Hände, als müsse er sich daran festhalten. »Ich habe die Registrierung für das nächste Lied vorgenommen.« Er sprach sehr leise. »Als ich das Oktavpfeifenregister gezogen habe, ging diese Erschütterung durch den Raum. Für einen kurzen Moment dachte ich, es läge an der Orgel. Dann kam das Kruzifix runter. Ich habe das Orgelbuch zugeschlagen, unter den Arm geklemmt und bin die Treppe runtergerannt. Ich war überzeugt davon, dass jetzt alles einstürzt. Ich wollte raus.«

Meinte musterte den blassen Mann und fragte dann: »Herr Fünfgeld, ich habe noch ein paar Fragen an Sie. Fühlen Sie sich dem gewachsen, oder sollen wir Sie besser zu einem späteren Zeitpunkt befragen?«

Der Kantor schaute ihn eine Weile schweigend an. »Was wollen Sie denn noch wissen?«, fragte er dann langsam.

»Zum Beispiel wie lange Sie schon den Orgeldienst hier verrichten, wie Sie bezahlt werden, wie Ihr Verhältnis zu den Hauptamtlichen ist.«

»Ich spiele ehrenamtlich bei den Frühmessen. Für die anderen Gottesdienste gibt es eine Organistin, die auf Honorarbasis arbeitet. Ich mache das seit meiner

Verrentung vor sieben Jahren. Ich war im Gemeindevollzugsdienst.«

Meinte schrieb die Antworten mit. »Und wie kamen Sie mit Pfarrer Stolze klar?«

»Ganz normal. Ich wohne ja schon lange hier. Kenne Herrn Stolze also, seit er hier angefangen hat. Er war in Ordnung. Und hat mir nie reingeredet, wenn es um die Musik ging.« Zum ersten Mal wirkte der Kantor lebendiger. Beim letzten Satz war seine Stimme lauter geworden, und er schaute zum Diakon hinüber.

Meinte entging dieser Blick nicht. Trotzdem beschloss er, darauf nicht weiter einzugehen: »Danke, Herr Fünfgeld, könnten Sie sich mein Protokoll durchlesen, Ihre Adresse ergänzen und das Ganze unterschreiben? Dann können Sie gerne nach Hause gehen.«

Während sich der Kantor das Formblatt durchlas, redete der Diakon bereits weiter: »Also ich war ja direkt neben Pfarrer Stolze, als es passiert ist. Er wollte nur die übrigen Hostien in den Tabernakel zurückstellen. Und als er den Tabernakel öffnete, ging es los. Es donnerte und krachte. Und das Kreuz kam runter.« Er machte eine ausladende Bewegung mit beiden Armen. Dann redete er eine Spur nachdenklicher weiter: »Wenn er nur nicht zum Tabernakel gegangen wäre! Wir machen das sonst immer nach der Messe, gemeinsam. Manchmal mache ich es auch alleine, zum Beispiel wenn« – der Diakon hielt plötzlich inne. Mit einem dramatischen Gesichtsausdruck starrte er den Kommissar an. Sehr langsam und leise formte er einen weiteren Satz: »Oh, Gott – ob ich gemeint war?«

Fünfgeld hatte inzwischen das Protokoll gelesen, unterschrieben und gab es Meinte zurück. Wortlos nickten sich die beiden zu, und der Kantor verließ die Kirche.

»Sie meinen, das war Absicht?«, fragte Meinte so gelassen wie möglich.

Der Diakon antwortete souverän: »Sonst wären Sie doch nicht hier? Ein Kruzifix fällt nicht einfach von der Wand!«

»Hmm, kommt auf die Handwerker an, die's aufgehängt haben«, murmelte Meinte, um dann plötzlich entschlossener fortzufahren: »Lassen Sie uns hier rausgehen. Die Kollegen von der KTU sind gerade gekommen, wir sollten sie nicht behindern.« Er gab Klume ein Zeichen, doch die hatte die Männer und Frauen mit den Untersuchungskoffern schon bemerkt und war bereits mit den beiden Ministranten auf dem Weg nach draußen.

Vor der Kirche befand sich ein alter Brunnen. Meinte lehnte sich an die Brunnenwand und begann, die Antworten des Diakons aufzuschreiben. Die Namen und Adressen der Anwesenden, die persönlichen Daten des Verstorbenen und noch einmal den Ablauf des Gottesdienstes bis zum Herabfallen des Kruzifixes. Der Diakon äußerte sich routiniert und erstaunlich unbeschwert.

Ich war zufrieden mit meinem Einstieg. Und es war erst halb zwölf!

Ich schickte Behringer mein erstes Kapitel und setzte mich rüber ins offene Lehrerzimmer, wo der

Sportteil der Tageszeitung lag. Der SC hatte am Sonntag beim Auswärtsspiel verloren, und die Sportredaktion analysierte zwei Tage später immer noch daran herum.

Punkt 12 Uhr verließ ich die Schule; ich war dran mit Kochen und hatte mich schon gestern für Risi e bisi entschieden. Auf dem Heimweg schaute ich beim italienischen Supermarkt vorbei und kaufte diesen speziellen, original italienischen Risotto-Reis. Damit schmeckt es einfach noch leckerer. Während ich langsam die Brühe in den Reis einrührte, ertappte ich mich bei einem Gespräch mit Amos: »Nils Kielsen! Statt des teuren Edelproduktes aus dem italienischen Supermarkt hätte es ja wohl auch der gewöhnliche Risotto-Reis aus dem Rewe-Markt getan. Dann wäre Geld übrig geblieben für Leute, die kein fettes Beamtengehalt bekommen!«

Ich: »Aber damit schmeckt es nun mal einfach nicht so gut. Wenn ich schon italienische Gerichte koche, sollte es dem Originalgeschmack doch so nah wie möglich kommen.«

Amos: »Und nur damit ihr möglichst authentische Gerichte essen könnt, die aus einer ganz anderen Region dieser Erde stammen, nimmst du in Kauf, dass sich der CO_2-Ausstoß immer weiter erhöht?! Wegen Leuten wie dir wird Essen um die ganze Welt gekarrt, obwohl es vor Ort genügend Alternativen gäbe.«

Ich: »Immerhin esse ich kein Fleisch. Wegen mir müssten also keine Tiere leiden. Weder bei der Haltung noch auf dem Transport.«

Amos: »Na und? Willst du jetzt das eine gegen das andere aufrechnen? Dann mach gleich noch weiter: Weil du keinen Garten hast, für den du viel Gießwasser verbrauchen würdest, kannst du extra lange duschen. Oder weil du zwei Töchter hast, die weniger essen als Jungs, kannst du dir öfter mal heimlich eine Münsterwurst erlauben. Oder weil du keine Cola trinkst, kannst du den Kaffee aus Peru kaufen. Oder …«

Ich: »Halt! Das ist GEPA-Kaffee! Damit helfe ich den Kaffeebauern in Peru. Und außerdem ist meine letzte Münsterwurst mindestens ein halbes Jahr her. Und überhaupt duscht Eva-Maria viel länger als ich und –«

Frieda stürmte in die Küche und erlöste mich aus diesem quälenden »Gespräch«.

»Papa, was gibt's zu essen? Juhu, Risotto! Hast du den leckeren Reis genommen?«

Triumphierend hob ich den Blick in Richtung Zimmerdecke. Dann lächelte ich Frieda an: »Aber natürlich. Wenn ich schon koche, soll's doch richtig gut schmecken!«

Als ich nach dem Essen in meine Mailbox schaute, war schon eine Antwort von Behringer da: »Sie legen ja gleich dramatisch los, Herr Kielsen! Passen Sie nur auf, dass Sie nicht Ihr ganzes Pulver am Anfang verschießen. Meine Praktikantin findet übrigens, dass Ihre Kommissarin nicht ganz so weiblich zu sein braucht. Kinder und Haushälterinnen beruhigen? Nicht ihr Ernst, oder? Geben Sie ihr ein paar herbere

Charakterzüge. Und wann taucht der Dorf-Jet-Set auf? Aber sonst: nur weiter so. Gruß, H. Behringer.«

Bevor ich zurück in die Schule ging, nahm ich eine Zwei-Euro-Münze aus meinem Geldbeutel und steckte sie lose in die Jackentasche. Wer weiß – vielleicht konnte ich den Reis-Aufpreis einem armen Schlucker in die Mütze werfen. Mit Grüßen von Amos …

4. KAPITEL (MITTWOCHVORMITTAG)

Der Schlüssel im Schloss drehte sich, als ich mir die erste Tasse Kaffee einschenkte. Immer wenn Eva-Maria aus der Nachtschicht kommt, sieht sie irgendwie besonders aus. An ihren Augenlidern kann ich erkennen, dass sie erschöpft ist, sie hängen dann etwas. Aber ihre Augen und ihre Haut sprühen vor Energie. Eine irre Aura. Ein wenig wie Madonnenbildnisse aus der Renaissancezeit. Keine Ahnung, wie sie mit dieser Energie-Aura nach dem Frühstück mit uns einfach schlafen gehen kann.

»Hey, Mama, hast du jemanden gerettet?« Frieda stellte gerne dramatische Fragen.

Ihre Mutter schüttelte den Kopf »Nee, Liebes. Gab nichts Spannendes heute Nacht. Ach doch – der neue Bufdi! Der hat den Lichtknopf mit dem Alarmknopf verwechselt. Er wollte einem älteren Mann was zu trinken bringen und hat sich dabei auf der Knopfleiste vertan.« Eva-Maria lachte. »So wach waren wir lange nicht mehr auf der Station. Alles stürmte zu den beiden, die völlig erstarrt waren …«

Henriette kicherte, Frieda hatte Mitleid mit dem

Bufdi: »Oh, der Arme. Wo der auch schon so einen blöden Namen hat. Wer will schon Bufdi heißen?«

Wir brachen alle außer Frieda in Gelächter aus, bis ich mich meiner verstörten Tochter annahm und ihr erklärte, was ein Bufdi ist.

Frieda überlegte eine Weile, dann fragte sie: »Mama, könnten wir nicht für Frau Reser auch so einen Bufdi bestellen? Die könnte das doch echt gut gebrauchen!«

Frau Reser wohnt mit vier Kindern von drei verschiedenen Männern in unserem Haus. Sie hält sich mit mehreren Nebenjobs einigermaßen über Wasser, aber wenn ein Kind oder sie selbst krank werden oder die Waschmaschine kaputt geht oder sonst was passiert, ist bei ihr immer gleich Land unter.

Wir versuchten, Frieda zu erklären, warum man als Privatperson keinen Bufdi bekommt, aber ihr leuchtete das nicht ein: »Mamas Station kommt normalerweise auch prima ohne Bufdis aus, aber Frau Reser könnte so dringend jemanden gebrauchen, der ihr hilft. Das ist doch nicht gerecht!«

»Tja«, begann ich und nickte zu meiner älteren Tochter hinüber, »was gerecht ist, kann uns zum Glück Henriette sagen, die lernt nämlich gerade alles über Amos.«

Die verdrehte die Augen und biss in ihr Honigbrot. »Gerecht wäre, wenn jeder so viel bekäme, wie er braucht. Amos hat deshalb auf denen herumgehackt, die sich auf Kosten der Ärmeren bedient und sich jeden Luxus gegönnt haben«, sagte sie schließlich gelehrt.

Ihre kleine Schwester schaute sie mit großen Augen an: »Wer ist denn jetzt schon wieder Amos? So heißt doch auch keiner!«

»Ich muss los«, sagte ich und sprang auf. Ich musste noch den Versuch für die Biostunde herrichten. Ich küsste Frau und Töchter und zog mir Jacke und Schuhe an. Im Türrahmen bekam ich noch mit, wie Frieda Gerechtigkeit definierte: »Gerecht wäre, wenn meine Freundin Elli auch mal Päpstin werden könnte und nicht nur Ministrantin oder Pastoralreferentin.«

Ach ja, diese Konfessionsgespräche! Wie gut, dass ich alle Konfessionen hinter mir gelassen habe und letztes Jahr aus der Kirche ausgetreten bin. So spottet es sich doch gleich viel authentischer.

In der Schule angekommen, stellte ich fest, dass ich überraschend zwei Freistunden hatte. Ich hatte vergessen, dass die Oberstufe heute ihren Uni-Tag hatte. Ich setzte mich an die PCs im stillen Lehrerzimmer und nutzte die Zeit für ein weiteres Kapitel.

»Und? Was kam heraus?« Amrei Klume war ein direkter Mensch, und Meinte wusste das zu schätzen. Er als Elsässer war mitunter etwas schwerfällig, um nicht zu sagen schwerblütig. Die frische norddeutsche Kollegin half ihm, nicht allzu sehr vor sich hin zu brüten.

»Nun«, begann er und verfluchte wieder einmal den Tag, an dem er zu rauchen aufgehört hatte, denn dies wäre der perfekte Moment gewesen, sich eine Gauloises anzustecken. »Nun«, wiederholte er stattdessen, »nichts Eindeutiges. Der Priester heißt Hans

Stolze, ist seit 23 Jahren hier im Amt, fast alle im Dorf sind katholisch, und er hat entsprechend viel zu tun. Der Diakon behauptet, er könne sich niemanden vorstellen, der es auf seinen Vorgesetzten abgesehen haben könnte. Er war beliebt, bei allen Festen mit dabei, auch bei den Vereinsfesten, trinkfest und liberal. Seine Haushälterin heißt Berta Bruns, und eventuell hat sie ihm nicht nur Essen gekocht und Wäsche gebügelt, aber dazu hat der Diakon nichts gesagt. Außerdem habe ich noch die Namen und Adressen der anderen drei Erwachsenen, die in der Kirche waren. Zwei ältere Frauen, Witwen, die jeden Morgen in die Messe gehen, und ein älterer Mann, der den Aussagen des Diakons nach leicht debil ist. Außerdem war noch ein Unbekannter dabei. Ein jüngerer Mann, Anfang 30, eventuell ein Tourist. Ich habe schon eine Anfrage über die Kollegen in den beiden Pensionen hier am Ort gestartet. Und was haben die Kinder erzählt?«

»Hm«, machte Amrei Klume und bereute, dass sie nie mit dem Rauchen angefangen hatte, denn sie wusste, dass dies der perfekte Moment gewesen wäre, um sich eine Gauloises anzustecken. »Hm«, wiederholte sie also stattdessen, »die Kinder standen ziemlich unter Schock. Ich weiß nicht, ob ihre Aussagen überhaupt Bedeutung haben. Ich weigere mich jedenfalls, wegen traumatisierter Sätze über die Strafe Gottes die Missbrauchskiste aufzumachen. Trotzdem – übergehen können wir's auch nicht. Wir sollten abwarten, was uns die Kollegen von der KTU sagen.«

Wie auf Kommando kam der Techniker Grüning aus der Kirche auf sie zu. »Wir sind noch lange nicht fertig«, sagte er gleich, »aber eine Sache wollte ich Ihnen doch gleich zeigen. Kommen Sie noch mal rein.« Er wartete keine Antwort ab, sondern war schon wieder auf dem Weg nach drinnen. Die beiden Kommissare folgten.

Grüning winkte sie nach oben zu dem Kruzifix, das buchstäblich bäuchlings über dem Priester lag. Er zeigte auf eine Stelle am Längsbalken, dort klebte auf der Rückseite ein gelber Post-it-Zettel, auf dem mit Bleistift Buchstaben und Zeichen geschrieben standen: »Am 5,21–24«.

»Am? Was bedeutet das? Ein Datum? Am 5. von 21 bis 24 Uhr? Oder eine Sendefrequenz?« Amrei Klume war sichtlich verwirrt.

Der stämmige Elsässer legte ihr eine väterliche Hand auf den Oberarm: »Oh, ihr Heidenkinder aus dem Norden! Das ist eine Bibelstellenabkürzung, ziemlich sicher: Amos, Kapitel 5, Verse 21 bis 24. Leider geht mein ansonsten umfassendes theologisches Allgemeinwissen nicht weiter ins Detail. Aber eine Bibel müssten wir hier wohl finden, nicht wahr?«

Klume schlug sich mit der flachen Hand gegen die Stirn: »Au Mann, ja, klar. Meinte, sind Sie fromm? Dann müssten wir Sie eventuell aus Befangenheitsgründen aus diesem Fall herauslassen ...«

»Ich bin doch kein Katholik! Stolzer Hugenottennachfahre! Also, wo gibt's hier jetzt eine Bibel?«

Seine Kollegin hatte bereits die Altarbibel entdeckt und war mit wenigen Schritten an dem großen goldgeschnittenen Buch. »So, Monsieur le Huguenotte, ich bin immerhin nordelbische Protestantin, und ich finde Amos, ohne ins Inhaltsverzeichnis zu schauen!«

»In des alten Bundes Schriften / merke an der ersten Stell / Mose, Josua und Richter, Ruth und zwei von Samuel …«, ratterte Meinte los.

»Scht«, machte die Kommissarin, »ich hab's schon!«

Meinte verstummte beeindruckt.

»Hier steht: ›Ich hasse eure Feste, ich verabscheue sie und kann eure Feiern nicht riechen. Wenn ihr mir Brandopfer darbringt, habe ich keinen Gefallen an euren Gaben, und eure fetten Heilsopfer will ich nicht sehen. Weg mit dem Lärm deiner Lieder! Dein Harfenspiel will ich nicht hören, sondern das Recht ströme wie Wasser, die Gerechtigkeit wie ein nie versiegender Bach.‹ Hoppsa, da nimmt einer kein Blatt vor den Mund! Ob unser Priester Stolze am Ende doch ein paar Feinde hatte?«

Sie sahen sich einen Moment wortlos an und wandten gleichzeitig den Blick nach oben zu der Unglücksstelle, dann klappte Klume mit einem leisen Knall die Altarbibel zu.

»Ich statte dann dem schönen Diakon noch mal einen Besuch ab«, wandte sich Meinte zum Gehen.

»Und ich werde der verzweifelten Haushälterin ein wenig auf den Zahn fühlen. Lassen Sie uns in einer halben Stunde zurück nach Freiburg fahren. Ich bin für ein Arbeitsessen im D.O.C.«

»Einverstanden«, antwortete Meinte, »ist ja noch früh. Wenn wir es auf halb eins schaffen, müssten wir endlich auch mal wieder ohne Reservierung einen Platz dort kriegen.«

Noch bevor der Gong erklang, war die Mail mit dem neuen Kapitel bei Behringer.

Meine Unterrichtsstunden anschließend liefen hervorragend. Die Idee mit dem Post-it-Zettel hatte mich richtiggehend beflügelt.

Zum Mittagessen traf ich mich mit den Kindern beim Afghanen. Wenn Eva-Maria Nachtschicht hat, machen wir das immer mal wieder, damit sie in Ruhe ausschlafen kann. Der Afghane in der Nähe des Siegesdenkmals ist Kult. Seit ich in Freiburg wohne, gibt es dieses kleine einfache Mittagsrestaurant mit dem immer gleichen Angebot an Kabuli palau, Bolani und so weiter. Frieda und Henriette lieben es, dort zu essen. Schon beim Bestellen an der Theke haben sie ihren Spaß, weil der Besitzer immer alle mit »Kollege« oder »Kollegin« anredet. Und zur Feinabstimmung des Essenswunsches fragt er grundsätzlich: »Mit scharf? Und mit Überraschung?« Die Überraschung ist stets ein Klecks von irgendeinem Chutney, das es nicht jeden Tag gibt.

Als wir satt und gut gelaunt nach Hause kamen, fand ich eine Mail von Behringer: »Herr Kielsen, bitte – BITTE – nicht das Missbrauchsthema! Und auch keine Unzucht im Pfarrhaus oder so was. Die

Idee mit dem Amos-Zitat ist grundsätzlich spannend, aber wir brauchen etwas Originelleres als ›Doppelmoral in der Kirche‹! Denken Sie an den biblischen Gegner von Amos. Das war der König Jerobeam, kein Priester. Wann taucht Ihr ›Jerobeam‹ auf? Grüße, H. Behringer.«

Nun ja, da hatte er grundsätzlich etwas Richtiges erkannt. Aber ich zweifelte nicht daran, dass mir ein solcher Umschwung schon bald gelingen würde. Für heute wollte ich das Schreiben lassen. Bestimmt war Eva-Maria schon wach, dann könnte ich mit ihr einen langen Spaziergang machen. Vielleicht sogar mit Kindern.

5. KAPITEL (MITTWOCHNACHMITTAG)

Frau Kärnten trug stets Röcke, die kurz unterhalb des Knies endeten. Reuter hätte niemals sagen können, wie viele unterschiedliche Röcke dieser Art sie eigentlich besaß, für ihn sah sie immer gleich aus. Lediglich an der Tatsache, dass sie manchmal Blusen in aggressiven Rottönen trug, war ihm klar geworden, dass sie nicht nur Braun trug. Es war nicht ihre Art, ohne anzuklopfen bei ihm einzutreten. Dass sie es heute tat, musste einen ernsten Grund haben.

Reuter überlegte, ob ihr Haarschnitt das war, was in Frauenzeitschriften mit dem Begriff »Pagenschnitt« beschrieben war, und verpasste deshalb ihre ersten Worte. »… ich wollte es wegwerfen, aber dann dachte ich, dass ich es Ihnen besser vorher zeige. Vielleicht ist es ein Scherz, in den Sie eingeweiht sind?«

Sie hielt ihm eine Briefseite hin. Reuter sah sofort die darauf aufgeklebte Bibelseite. Er nahm ihr das Blatt nicht ab. »Rufen Sie die Polizei an. Das ist schon das zweite Schreiben. Es soll jemand kommen und die Sache untersuchen.«

Seine Stimme klang sehr sicher und hatte heute Morgen dieses warme Timbre, das er selbst gerne hörte. Frau Kärnten legte ihm das Schreiben auf den Tisch und ging wortlos in ihr Arbeitszimmer. Er hörte ihre nüchterne Stimme, als sie seinem Auftrag nachkam: »Ja, hier spricht Kärnten, Sekretärin des Bürgermeisteramtes in Lenzdorf. Nein, im Schwarzwald, nicht in Österreich, Lenzdorf! Wir haben hier im Amt einen Fall von anonymen Schreiben. … Nein, eine Erpressung ist es nicht. Klingt eher wirr. Herausgerissene Bibelseiten mit Unterstreichungen. … Ob er sich bedroht fühlt? Scheint so, sonst würde ich jetzt nicht bei Ihnen anrufen. … Nein, er ist heute den ganzen Vormittag da. Sie werden ihn im Amt antreffen. Vielen Dank. … Ja, eben diese Nummer. Mein Name ist Kärnten, der Bürgermeister heißt Eberhard Reuter, mit t wie Theodor. … Ja, danke.«

Reuter hatte zufrieden gehört, dass offensichtlich jemand zu ihm kommen würde. Gleichzeitig hatte er die unterstrichenen Stellen der aufgeklebten Bibelseite registriert. Krudes Zeug, dachte er, während ihm plötzlich einfiel, dass Julius Cäsar angeblich gleichzeitig lesen, diktieren und ein Gespräch führen konnte. »Frau Kärnten«, rief er aus dieser Laune heraus durch die offene Tür, »danke für die Terminvereinbarung. Wer wird kommen?«

Frau Kärnten erschien im Türrahmen: »Das haben sie nicht gesagt. Ich weiß nicht mal, ob die einfach eine Streife vorbeischicken oder die Kripo. Der Beamte, der die Sache aufgenommen hat, schien ein wenig irritiert zu sein, dass wir uns wegen Bibelseiten an die Polizei wenden …«

Reuter nahm den spitzen Unterton in ihrer Stimme wahr. Sie war offensichtlich der Auffassung des Polizisten.

»Haben Sie denn das erste Schreiben noch?«, sie klang jetzt freundlicher, »Sie werden es wohl vorlegen müssen.«

»Ja, ich habe es noch. Danke für Ihr Mitdenken.« Reuter fand diese Formulierung eine gute Methode, um liebenswürdig darauf hinzuweisen, dass er nun ungestört bleiben wolle. Frau Kärnten ging auch prompt aus dem Zimmer. Er hörte, wie sie ihren Computer einschaltete.

Wieder schaute er die markierten Bibelsätze an. Mit Textmarker unterlegt war: »Er ließ mich abermals schauen, und siehe, der Herr stand auf der Mauer, die mit einem Bleilot gerichtet war, und er hatte ein Bleilot in seiner Hand. (…) Da sprach der Herr zu mir: Siehe, ich will das Bleilot legen an mein Volk (…) und ihm nichts mehr übersehen, sondern die Höhen Isaaks sollen verwüstet und die Heiligtümer (…) zerstört werden, und ich will mich mit dem Schwert über das Haus Jerobeam hermachen.«

Reuter wählte die Nummer seines Freundes Hans, der sollte ihm mal was über Amos erzählen. Er selbst konnte sich nicht erinnern, dass dieser Name im Religionsunterricht oder gar in der Zeit vor der Firmung große Bedeutung gehabt hätte.

»Ja, Hans, ich bin's, Eberhard. Du, hast du einen Moment Zeit? Ich hab da mal eine theologische Frage …«

In den nächsten 15 Minuten erfuhr Reuter nichts, was ihn irgendwie auf eine Idee brachte, wer hinter den Schreiben stecken könnte. Aber immerhin wusste er nun, dass Amos ein Prophet im nördlichen Teil Israels gewesen war, im achten Jahrhundert vor Christus. Einer, der dem damaligen Herrscher Jerobeam und der Oberschicht in deutlichen Worten vorwarf, nicht mehr nach Gottes Wort zu leben. In mehreren Visionen hatte er den Menschen dort das Gericht Gottes angekündigt. Den tatsächlichen Untergang des Nordreichs 722 vor Christus hatte er jedoch ziemlich sicher nicht mehr erlebt.

Interessant war vielleicht noch, dass Amos sich vor allem über die Verschwendungssucht der Reichen ausgelassen hatte. Das rücksichtslose Prassen der einen hatte die Verelendung der unteren Schichten begünstigt. Ausbeutung im altorientalischen Kontext eben. Außerdem hatte Amos die Oberschicht der Heuchelei in ihren Gottesdiensten beschuldigt.

»Aber weshalb interessiert dich das eigentlich, Eberhard?«, fragte der Pfarrer am Ende seiner telefonischen Vorlesung.

»Tja, weißt du. Also, es ist so, dass ich – ach, sag mal, fällt dir sonst noch jemand ein, der sich mit Amos so gut auskennt?«

»Würde mich wundern. Wobei – immerhin ist Amos das Paradebeispiel für das Thema Propheten im Reli-

unterricht in der siebten Klasse. Aber das ist bei dir ja schon eine Weile her …«

»In der Tat, Hans, in der Tat. Tempus fugit! Danke, dass du dir so viel Zeit genommen hast. Ich erzähl dir demnächst mal, worum es mir geht, aber jetzt muss ich hier weitermachen. Dringender Termin, du weißt ja, wie das ist. Danke dir, Tschüss.«

Reuter wartete den Gruß seines Gesprächspartners gar nicht erst ab, sondern legte sofort auf.

Gleich darauf bereute er es, denn es klingelte, und Reuter fand es besser, wenn ihn Besucher telefonierend erlebten – beschäftigt und bürgernah eben.

Er hatte keine Zeit, länger darüber nachzudenken, denn Frau Kärnten führte einen jungen Schlacks von Mann in sein Büro: »Herr Bachstern von der Polizei«, sagte sie zu Reuter, und zu dem jungen Mann gewandt: »Herr Reuter, Bürgermeister von Lenzdorf. Sie entschuldigen mich.«

Reuter ging auf Bachstern zu und schüttelte ihm verbindlich die Hand. Dazu umschloss er die Hand des Polizisten vollständig und drückte sie kurz sehr kräftig. Anschließend lockerte er den Griff, verweilte jedoch noch einen Moment in dieser Pose, während er die ersten Worte sprach: »Vielen Dank, dass Sie sich so schnell der Sache annehmen.« Jetzt ließ er die Hand seines Gegenübers sachte los und wies mit der eigenen auf seinen Arbeitsplatz.

»Die beiden anonymen Sendungen liegen auf meinem Schreibtisch. Die erste kam am Dienstag, ich habe sie selbst geöffnet, da meine Sekretärin nicht da

war. Das zweite Schreiben kam heute Morgen. Wenn man hier überhaupt von einem Schreiben sprechen kann. Die Texte sind jeweils aus dem alttestamentlichen Buch Amos, mit dem ich persönlich jedoch nichts verbinde. Wenn Sie mal einen Blick darauf werfen wollen?«

Reuter war selbst erstaunt, dass er ein solches Redebedürfnis hatte. Er wollte den Beamten eigentlich nicht zutexten. Aber schon fiel ihm noch etwas ein: »Den Umschlag des ersten Briefs habe ich leider am Dienstag weggeworfen. Aber den von heute, den müsste Frau Kärnten noch haben. Ich kann Ihnen allerdings sagen, dass es am Dienstag ein ebenso gewöhnliches ungefüttertes Kuvert war wie heute. Massenware. Leider habe ich die Schreiben schon angefasst, aber Ihre Spurensicherung wird bestimmt leicht feststellen können, ob da noch andere Fingerabdrücke drauf sind.« Er hielt inne, weil ihn der Beamte erstaunt ansah. »Stimmt was nicht?«, fragte er.

»Ich bin kein Kriminalbeamter, Herr Reuter! Sie haben zwei anonyme Schreiben bekommen und wollten, dass die Polizei sich einschaltet. Ich bin ein ganz normaler Hauptmann, unterer Rang, und habe die Aufgabe, den Sachverhalt aufzunehmen, mehr nicht.«

»Sie meinen, Sie forschen jetzt nicht nach dem anonymen Absender?« Reuter war völlig aus dem Konzept gebracht. Er machte drei Schritte zurück.

»Nein, warum denn? Sie sind nicht direkt bedroht worden, es ist niemandem etwas passiert. Und die Briefe kamen offensichtlich auf normalem Weg mit

der Post. Wissen Sie, wie viele Leute anonyme Schreiben erhalten? Die Tatsache, dass Sie von einer unbekannten Person angestrichene Bibelstellen zugeschickt bekommen, rechtfertigt keine kriminaltechnischen Nachforschungen.«

»Nicht?« Reuter hatte sich noch immer nicht erholt.

»Nein«, antwortete Bachstern mit Nachdruck in der Stimme. »Am besten schreiben Sie mir einfach einen Bericht, wann Sie die beiden Schreiben bekommen haben. Dann lassen Sie Ihre Sekretärin bestätigen, was Ihre Person betrifft, und dann gehen Sie ohne Sorge Ihrem Tagesgeschäft nach.«

Der Polizist griff in die Innentasche seiner Polizeijacke und zog eine Visitenkarte heraus. »Hier ist meine E-Mail-Adresse und meine Handynummer. Sollten Sie je ungewöhnliche Vorgänge bemerken oder sich bedroht fühlen, können Sie mich auch anrufen.«

Als Bachstern durch das Vorzimmer der Amtsstube ging und Frau Kärnten ein lässiges »Bis dann mal« zurief, erwiderte sie den Gruß nicht, sondern stand auf und ging hinter ihm her. Es war reiner Zufall, dass Reuter dies bemerkte. Er war aufgestanden, um endlich das WC aufzusuchen. Er sah seine Sekretärin mit dem Polizisten hinausgehen. Eine Indiskretion?

Reuter schob das Pinkeln auf. Von der Tür am WC konnte er gerade noch hören, was draußen geredet wurde. Er hörte Frau Kärnten leise »Einen Moment noch« zischen und stellte sich vor, dass sie Bachstern an der Jacke festhielt. Ein Grinsen ging über sein

Gesicht, während er sich gleichzeitig sehr konzentrierte, um die Unterhaltung zu verstehen.

»Kann sein, dass dies wirklich nur ein übler Scherz ist«, hörte er seine Sekretärin sagen, »aber vielleicht auch nicht. Sie sollten wissen, dass unser Gemeinderat vor zwei Wochen eine Entscheidung getroffen hat, die viele Kritiker auf den Plan gerufen hat.«

Reuter stellte sich vor, wie Bachstern bei dieser Bemerkung fragend die Augenbrauen nach oben zog. Frau Kärnten fuhr jedenfalls eine Spur lauter fort: »Also, es ging um den Verkauf eines großen Grundstücks am Ortsausgang. Das Grundstück war zur gewerblichen Bebauung ausgeschrieben und es gab drei Angebote. Einmal die Firma Festo – Sie wissen schon, die große Produktionsfirma für Messtechnik. Die wollten hier eine zweite Produktionshalle errichten, 300 Arbeitsplätze haben sie in Aussicht gestellt. Der zweite Bieter war die Großbäckerei Rief, die mehrere Filialen in Supermärkten beliefert und in dieser Gegend dringend einen Standort für die Produktion bräuchte. Als Drittes hat sich die Erzdiözese beworben – mit einem Internatskonzept!«

Bachsterns Stimme war zu hören: »Aber das ist doch kein gewerbliches Konzept.«

»Nein, aber es ist geplant, in diesem Internat Jugendliche aufzunehmen, die dort eine Ausbildung in Hauswirtschaft machen können. Dann gilt die Hauswirtschaft in der Schule automatisch als Gewerbebetrieb.«

»Aha, und wer hat den Zuschlag bekommen?«

Er hörte Frau Kärnten einen kleinen Schritt zurücktreten, völlig klar: dramatische Kunstpause. Und schon raunte sie: »Die Kirche!«

Bachstern schien nicht wirklich überrascht: »Und wie erklären Sie sich diese Entscheidung?«

»Unser Pfarrer Hans Delpe ist eng mit unserem Bürgermeister befreundet. Dass die Bäckerei Rief nicht den Zuschlag bekam, war nicht erstaunlich – im Gemeinderat sitzt unser Bäckermeister, niemand würde sich trauen, ihm die Konkurrenz vor die Tür zu stimmen. Aber 300 Arbeitsplätze hätten wir gut gebrauchen können. Besser als irgendwelche Kinder aus der Stadt, die hier unseren Ort aufmischen.«

»Und wer, meinen Sie, könnte ein konkretes Interesse haben, Herrn Reuter einen Schrecken einzujagen?«

»Oh, da gibt es mehrere Personen, die infrage kommen! Die Exfrau von Reuter sitzt ja auch im Gemeinderat. Eine der drei Gegenstimmen zum Internat kam von ihr. Seit der Scheidung versucht sie, ihm das Leben schwer zu machen, gerade auch politisch. Dann haben wir noch …«

Reuter hatte genug gehört, seine Blase drückte enorm. Während er mit der rechten Schulter die Tür zum WC aufdrückte, öffnete er den Reißverschluss seiner Hose.

6. KAPITEL (DONNERSTAG)

Was für ein misslungener Vormittag! Dass der Englischunterricht in der Achten in die Hose ging, ist natürlich kein Wunder. Ich hätte eben doch mal besser was Ordentliches vorbereitet, anstatt mich darauf zu verlassen, dass es noch genügend Übungen im Workbook gibt.

Und dass ich mit der Rothenbacher so aneinandergeraten bin, hätte ich auch vermeiden können. Dass ich sie auch unbedingt von hinten so aggressiv auf die zwei Stunden ansprechen musste. Hätte ich gewartet, bis sie sich umgedreht hatte, hätte ich vielleicht auch bemerkt, dass sie nicht gut aussah – rote Augen, ein bisschen verquollen und so. Aber ich guck eben nur bei Eva-Maria genau hin. Jedenfalls stand Merle vor mir am Kaffeeautomaten im Lehrerzimmer und wartete auf ihren Kaffee. Obwohl – es war wahrscheinlich eher ein schwarzer Tee oder grüner … Wie auch immer – ich habe sie endlich auf die zwei Stunden in der vorigen Woche angesprochen, die sie mir quasi geklaut hat. Ich war, ohne von ihr vorher gefragt zu werden, einfach über die Stundenplaner informiert worden, dass mein Neigungskurs Bio am Donnerstag mit Frau Rothenbacher auf Exkursion sei und ich stattdessen Vertretung in einer ihrer Klassen hätte.

Vielleicht hätte ich nicht ganz so direkt sagen sollen: »Mensch, Merle, das will ich nicht noch mal erleben müssen, dass du mir ungefragt zwei Stunden klaust. Und ich dann auch noch deine blöden Unterstüfler bespaßen muss. Und alles nur, damit du dir mit der Kursstufe pseudoheilige Stunden machst.«

Sie drehte sich zu mir um und sah aus, als überlege sie, mir den Kaffee – oder Tee – ins Gesicht zu schütten. Weil sie nichts sagte, setzte ich noch einen drauf: »Überhaupt ist es völlig daneben, wenn du die Unterrichtszeit dafür nutzt, heimlich katholisch zu missionieren.«

Ohne ein Wort zog sie mich am Ärmel zu meinem Fach. Sie setzte den Kaffeebecher ab, wuchtete mit beiden Händen den Stapel an Papieren heraus, der sich dort angesammelt hatte, und hatte innerhalb kürzester Zeit ein hellgrünes Blatt herausgezogen. Sie knallte das Schreiben vor mir auf den Tisch, sodass ihr Kaffee alias Tee überschwappte. Ihre Stimme schwappte auch über: »Vor drei Wochen habe ich dir diese Info und Anfrage ins Fach gelegt. Von dir kam nichts, deshalb bin ich davon ausgegangen, dass du nichts dagegen hast, wenn 17-Jährige zu einem Vortrag mit Diskussion eines bekannten Philosophen gehen. Vielleicht kümmerst du dich einfach auch mal intensiver um deinen Kram. Um deine Fächer besser gesagt und am besten auch gleich um dein Fach hier im Lehrerzimmer. Lass mich bloß in Ruhe mit deinen billigen atheistischen Attacken!«

Mir fehlten kurz die Worte – ich hatte die Anfrage tatsächlich einfach übersehen, obwohl sie sie bestimmt extra auf grünes Papier gedruckt hatte. Trotzdem wollte ich mich nicht so runterputzen lassen und wehrte mich: »Vielleicht trifft man sich hier im Lehrerzimmer ja auch mal und könnte dann immerhin fragen, anstatt Zettelchen zu verteilen?!«

Natürlich wusste ich, dass das ungerecht war, denn unser Rektor hatte angeordnet, dass Exkursionsanfragen, die andere Lehrkräfte betrafen, grundsätzlich schriftlich an die KollegInnen gehen mussten. Merle schnaubte deshalb auch nur und zischte so was wie »Agnostischer Aggressor«, bevor sie ihren Becher mit der Restflüssigkeit nahm, sich umdrehte und ging.

Die übrigen Stunden brachte ich ziemlich neben mir hinter mich und die Jugendlichen. Ich war richtig froh, als ich nach Hause kam und alleine sein konnte, obwohl ich sonst gerne den Familientrubel um mich habe.

Leider nahm ich trotzdem das Telefon ab, als es klingelte.

Behringer. Er redete ewig auf mich ein. Ich müsse dringend meinen Krimi noch ein paar Kapitel weiterentwickeln, weil in zehn Tagen diese Verlagsbesprechung sei, und da wolle er doch den Vorschlag machen, das Buch in die Sonderedition aufzunehmen. Dazu müsse er aber Material vorweisen. Und wo denn der weltliche Gegenpart zum Pfarrer sei beziehungsweise die Sozialkritik? Ich solle mich besser gleich dransetzen und weiterschreiben. Als Lehrer hätte ich ja eh nicht viel zu tun ... Und im Wortlaut: »Herr Kielsen, machen Sie Ihren Unterricht aus der Schublade, so wie alle – investieren Sie Ihre Zeit in Ihre eigene Zukunft. Schreiben Sie! Sie können mir jederzeit Ihre Fortschritte mailen, ich bin quasi immer online ...«

Mehr als »Ist gut, mach ich«, fiel mir nicht ein, bevor ich endlich auflegte.

Ich fühlte mich leer und ausgepumpt. Und unverstanden. Alle, die denken, an der Schule sei es total easy, sollten dazu verurteilt werden, zwei Wochen selbst zu unterrichten. In der Mittelstufe. In der sechsten Stunde.

Ich schrieb den ganzen Nachmittag keine Zeile, sondern korrigierte endlich die Englischklausur. Dann schnappte ich mein Rennrad und fuhr den Schauinsland hoch. Als ich zurückkam, war ich angenehm ausgepowert und erschöpft, aber ich war immer noch bedrückt. Frieda kam und lenkte mich eine Weile mit Storys aus dem Rollschuhtraining ab. Sie macht sich immer lustig über die Mamis ihrer Rollschuhfreundinnen, die ihre Kinder nicht nur mit dem Auto zur Halle fahren, sondern dann auch noch die kompletten 90 Minuten beim Training zuschauen. Und das zweimal pro Woche. Frieda fährt mit dem Rad.

»Kannst du mal sehen, Amos«, sagte ich leise, als Frieda draußen war, »wie vorbildlich ich meine Kinder erzogen habe!«

»Schade nur«, zischte Amos, »dass du selbst wie ein Rüpel mit Kolleginnen umgehst!«

Das saß.

7. KAPITEL (DONNERSTAG)

Reuter hörte, wie die Kirchenglocken schlugen – verdammt, war es wirklich schon halb eins? Ob er nicht auch mal wieder zum Mittagsgebet dazu sollte? Das war er Hans irgendwie schuldig.

Oder Gott.

Wie auch immer. Jetzt war es jedenfalls zu spät dafür. Aber einen kleinen Mittagsimbiss könnte er sich holen.

Reuter schnappte seine anthrazitfarbene Belstaff-Jacke und eilte nach draußen. Die Jacke war ein guter Kauf gewesen. Teuer – aber ihr Geld wert. Reuter fühlte sich durch den gewachsten Stoff unverletzlich. Er erinnerte sich sogar an die Beschreibung im Internet, die ihn letztlich zum Kauf bewogen hatte. Dort hieß es: »Das dichte Garn und der ebenso undurchlässige Stoff halten zusammen mit einer gebondeten Membran Wind ab, sodass Ihnen stets angenehm warm ist. Dank der Belüftungsschlitze auf der Rückseite wird die Temperaturregulierung jedoch gewährt.« Nicht, dass er wüsste, was eine gebondete Membran war, aber es klang hochwertig und vertrauenswürdig.

Beim Bäcker ließ er sich einen LKW geben und biss schon beim Bezahlen in das noch warme Fleisch. Draußen blieb er einen Moment vor der Kirche stehen.

Jetzt waren sie sicher schon beim Psalm.

Dann vergaß er abzubeißen: Ein Geräusch, das er nicht einordnen konnte, kam aus der Kirche. Als Nächstes hörte er einen dumpfen Schlag, die Kirche wankte ein wenig.

Reuter ließ seinen Wecken fallen und rannte zum offen stehenden Hauptportal. Drinnen sah er alles wie durch eine Milchglasscheibe. Feiner Staub trübte die Sicht. Trotzdem konnte er erkennen, dass etwas falsch war im Chorraum. Er lief durch den Mittelgang, nahm dabei wahr, dass die Menschen in den Bänken wie versteinert dastanden. Nur Frau Bendig schrie auf, als sie ihn sah: »Polizei, wir müssen sofort die Polizei rufen. Das Kruzifix«, sie zeigte auf die Wand, an der das Kruzifix hing.

Gehangen hatte.

Reuter begriff nur langsam – das Ungetüm auf dem Boden vor dem Altar musste das Kruzifix sein. Und da schaute ein Arm unter dem schweren Holz hervor. Ein Arm im Messgewand. Jetzt hatte Reuter verstanden.

Er griff mechanisch nach seinem Handy, gab die 110 ein und antwortete auf die Fragen des Notrufs.

Sieben Minuten später erlebte Lenzdorf seinen ersten Großeinsatz: Zwei Krankenwagen, ein Feuerwehrzug und zwei Polizeiautos parkten auf dem Kirchplatz.

Reuter stand mit den wenigen, die das Mittagsgebet mitgefeiert hatten, am Rand, sie wurden wegen Schockverdachts erstversorgt. Dennoch bekam Reuter genau mit, wie zwei Ministranten auf einer Bahre in den Krankenwagen getragen wurden. Er bekam auch mit, wie dem Diakon ein Verband angelegt wurde, und er nahm aus den Augenwinkeln wahr, dass es einen Toten gab.

Ein Toter, von dem die Polizei eine schreiende Frau wegzerren musste – Martha Bendig.

Als ein in Zivil gekleideter Beamter auf die Gruppe zukam, hatte Reuter nur einen Gedanken: »Vielleicht sollte ich noch mal mit Festo Kontakt aufnehmen. Schließlich ist noch nichts unterschrieben.«

8. KAPITEL (DONNERSTAGABEND)

Am Abend hielt ich's nicht mehr aus. Als Frieda im Bett war – Henriette chattete, wahrscheinlich mit irgendeiner ihrer langhaarigen Freundinnen, die ich nicht so richtig auseinanderhalten konnte –, fragte ich Eva-Maria, ob ich ihr einen Getreidekaffee mitmachen solle. Das ist so unsere Art, dem andern mitzuteilen, dass Gesprächsbedarf besteht. Als wir dann zusammen auf dem harten Küchenbänkchen saßen, erzählte ich ihr von dem misslungenen Unterricht, meinem Streit mit Merle und dem Gespräch am Nachmittag mit Behringer.

Beim Erzählen merkte ich selber, dass eigentlich alles halb so schlimm war. Indem ich meinem heute so erbärmlichen Unterrichtsversuchen Worte gab und auch den sinnlosen Krach im Lehrerzimmer in eine sprachliche Form zwang, verlor das Ganze seine Schwere. Eva-Maria sagte dann auch gar nicht viel dazu. Allerdings fand sie Behringers Lehrerklischee unerträglich. Aber wir wissen schließlich beide, dass er nur sagt, was die meisten denken.

Als sie zur Nachtschicht aufbrach, war ich jedenfalls so weit wieder im Lot mit mir, dass ich den Computer hochfuhr und mich auf die Figuren in meiner Geschichte einließ:

Das gemeinsame Mittagessen hatten sie in das Lokal am Adelshauser Platz verlegen müssen, das D.O.C. war trotz der frühen Stunde komplett belegt. Wenigstens war es in dem veganen Biorestaurant ein wenig leiser als beim Italiener. Die Ergebnisse ihrer Befragung waren schnell ausgetauscht.

Das Gespräch mit der Haushälterin war konfus gewesen. Berta Bruns, so erzählte Klume, hatte kaum einen zusammenhängenden Satz herausbekommen. Sie hatte sie schließlich dringend gebeten, sich erst mal bei Verwandten oder Freunden versorgen zu lassen, und die Befragung abgebrochen.

»Ist sie wirklich nur Haushälterin oder …?«

»Keine Ahnung. So, wie sie durcheinander ist, könnte es durchaus mehr gewesen sein. Andererseits – wer so lange und eng für jemanden sorgt, hat auch ohne sexuelle Beziehung eine große Nähe zu demjenigen. Falls es doch mehr war, werden wir es wohl sowieso von anderen hören. Was hat denn zum Beispiel der schöne Diakon gesagt?«

»Ich habe ihn gefragt, ob der Prophet Amos eine besondere Bedeutung für den Pfarrer hat oder für die Gemeinde, aber er hat mich nur verständnislos angeschaut. Irgendwas ist aber komisch an dem Typ. Für einen Geistlichen hat er eine ziemlich schicke Wohnung. Durchgestylt, cool, sachlich. Er spricht mit einer

Mischung aus Verächtlichkeit und Hochachtung über den verstorbenen Priester, aus der ich nicht schlau werde. Ist der Diakon einfach nur arrogant oder stand da was zwischen den beiden? Der Kantor hat offensichtlich auch ein Problem mit dem Diakon. Aber vielleicht ist das auch gar nicht wichtig.« Meinte blätterte in seinem Notizbuch. Dann sah er auf: »Wir sollten auf jeden Fall noch die beiden Witwen und den alten Mann befragen. Ich habe die Adressen. Sollen wir gleich los?« Er schob seinen Stuhl zurück, um aufzustehen.

Amrei Klume zog stattdessen ihr Handy aus der Tasche und wischte über das Display. »Warten Sie. Das Ergebnis der kriminaltechnischen Untersuchung ist da!«, sagte sie und winkte ihn zurück an den Tisch. »Lassen Sie uns erst schauen, ob sich daraus etwas für den Tathergang ergibt.«

Sie beugten sich über Klumes Handy und lasen.

Im Bericht wurde vermutet, dass die Verankerung des Kreuzes in der Mauer schon Tage vorher gelockert worden war. Trotzdem musste es am Morgen selbst noch eine manuelle Manipulation gegeben haben, die das Kreuz vollends aus der Wand gehebelt hatte. Grüning hatte in seinem Bericht die These aufgestellt, dass dies durch einen Schlag von außen geschehen war.

»Ich will mir das selber anschauen«, sagte Klume und steckte das Handy ein. »Lassen Sie uns zuerst noch mal zur Kirche in Adorf fahren. Und anschließend können wir die anderen Zeugen befragen.«

Sie brauchten länger als am Morgen, um nach Adorf zu kommen. Vor ihnen fuhr ein Holztransporter. Kilometerlang gab es keine Möglichkeit, den Schwertransport zu überholen. Als sie in Adorf ankamen, schlug es genau zwei Uhr. Sie parkten vor der Kirche und gingen dann um das Gebäude herum zur Rückwand. An der Innenseite dieser Wand war das Kruzifix befestigt gewesen. Hinter dem Gebäude lag ein kleiner Spielplatz mit einem Klettergerüst, einer Schaukel und einem Sandkasten. Eine niedrige Mauer trennte den Spielplatz vom Friedhof.

Das Duo schaute sich die Kirchenrückwand genauer an. Am Boden davor war ungefähr mittig eine Sitzbank angebracht. Außerdem rankte sich eine Mauerrose an der Wand empor, unterstützt von einer Kletterhilfe aus Metall.

»Ein Mensch mittlerer Größe müsste auf der Lehne stehend mit dem Arm ungefähr auf Höhe der Hauptverankerung des Kruzifixes im Innern der Kirche sein«, überlegte Klume laut, »und falls es eine kleinere Person ist, könnte sie noch die Montierung der Rosenkletterhilfe nutzen.« Sie probierte es selbst aus und erreichte von der Banklehne aus mühelos die Mitte der Wand.

»Na, so was!«, rief sie überrascht, als sie die Mauer an dieser Stelle genauer betrachtete. »Just hier an dieser Stelle sind ein paar Blüten abgebrochen worden, ungefähr eine Handbreit im Umkreis.«

»Merde«, entfuhr es Meinte, »und dahinten liegt der Friedhof. Unser Pseudo-Amos musste also nicht befürchten, von irgendjemandem bei seinen seltsamen Mauerklopfübungen beobachtet zu werden.«

»Außer von den Toten«, grinste Klume. »Fangen wir also mit den Lebenden an. Hier ist unsere Liste. Und – ich glaube, es ist besser, wenn wir die Gespräche zu zweit führen.«

Gegen 18.30 Uhr machten sie Feierabend.

Witwe Weber hatte zunächst misstrauisch die Tür nur einen Spaltbreit geöffnet. Erst als sie ihre Dienstausweise gezeigt hatten, wurden sie in den schmalen Hausflur hereingelassen. Frau Weber bewohnte eine Einzimmerwohnung in einem schmucklosen Nachkriegsbau. Trotz der Enge befand sich neben drei Garderobenhaken ein kleinkindgroßes Kruzifix an der Wand. Zwei frische Rosen steckten hinter dem linken Arm des Gekreuzigten und ein weißer Briefumschlag ohne Aufschrift. Selbst hier im Flur roch es nach Kohlsuppe und Armut. Frau Weber antwortete im Wesentlichen mit Ja und Nein auf ihre Fragen. Wenn das aufgrund der Fragestruktur nicht möglich war, sagte sie »Ich weiß nicht« und verzog keine Miene.

Nach fünf Minuten verabschiedeten sie sich und gingen durch eine kleine Gasse zur nächsten Adresse. Ein kleines Häuschen, das irgendwann einmal zum benachbarten Bauernhof gehört haben mochte. Sie klingelten, und Frau Nolte machte sofort auf. Die kleine grauhaarige Frau war sehr viel freundlicher als ihre Bekannte und bat die beiden in die gute Stube. Ein Raum wie aus einer Schwarzwaldserie, überlegte

Meinte und setzte sich zögernd auf den rustikalen Eichenstuhl am Esstisch. Er vermied es, den Hergottswinkel links von ihm in der Ecke anzuschauen. Es kam ihm auf merkwürdige Weise voyeuristisch vor, als ob er damit in die religiöse Intimsphäre eines anderen Menschen eintauche. Dabei sah auch diese Ecke aus wie aus einer Schwarzwaldserie: Holzkruzifix, Kerze, Rosenkranz und ein Schnapsglas mit ein paar Wiesenblumen. Er konzentrierte sich auf den Wortwechsel zwischen der Bewohnerin und seiner Kollegin. Sie erzählte, dass sie jeden Morgen in die Frühmesse ging, dass Pfarrer Stolze an diesem Tag eine besondere Ausstrahlung hatte und dass sie den Moment des herabfallenden Kreuzes mehr gehört als gesehen hatte. Sie sei stark kurzsichtig und hatte darüber hinaus noch ihre Lesebrille aufgehabt, um die Liedtexte im Gotteslob mitzulesen. Auf Meintes Frage, wie sie die Beziehung zwischen Diakon und Pfarrer beschreiben würde, antwortete sie nicht gleich. Aber dann sagte sie sehr bestimmt: »Der Pfarrer Stolze war ein guter Gottesmann – milde, belesen, nah bei den Leuten. Diakon Schultes ist ein ganz anderer Typ. Er nimmt seine Aufgaben sehr ernst. Und die alten Bräuche. Aber beide sind auf ihre Art zuverlässig. Ich weiß gar nicht, ob die beiden viel miteinander geredet haben außerhalb ihrer Dienste. Aber sie haben sich auf jeden Fall vertragen.«

Beim Verabschieden fiel Klume ein weißer Briefumschlag auf der Kommode auf. Es stand keine Adresse darauf. Nur an der Stelle des Absenders war ein mühsam geschriebenes »Edelgard Nolte« zu erkennen.

Einem Impuls folgend fragte sie: »Frau Nolte, da liegt ein Brief. Sollen wir ihnen den mit zur Post nehmen?«

Lächelnd wehrte sie ab: »Nein, nein, den bringe ich auf meinem nächsten Spaziergang selbst vorbei.«

»Ach so«, sagte Klume, »dann brauchen sie keine Briefmarken.«

Das letzte Gespräch dieses Tages mit Alois Heger war das längste und schwierigste gewesen. Sie hatten nicht herausfinden können, ob Alois einfach noch unter Schock stand oder ob er zur Spezies der Dorfdeppen gehörte. Nach zähen 90 Minuten jedenfalls wussten sie, dass Hans Stolze in Alois' Augen ein Gesegneter des Herrn gewesen war, der überall reichlich Segen weitergab. Sein Quittenbaum im Garten hatte im letzten Jahr erstmals nach fünf Jahren wieder Früchte getragen, und das just nachdem im Winter der Priester einmal segnend die Baumrinde berührt habe. Auch auf Menschen habe Stolze Segen herabbeschworen – die Bruns jedenfalls, die sei richtig aufgeblüht, nachdem sie im Segenshaus des Priesters Arbeit gefunden hätte. Und der Diakon, der hätte so viel von ihm gelernt. Inzwischen könne er auch alle Psalmodien richtig singen.

Sogar dem Brezelsepp hätte der Priester geholfen. Nachdem er das gespendete Erntedankbrot gesegnet hätte, sei in den Monaten danach die Nachricht durchgesickert, dass der geplante Supermarkt mit

Kettenbäcker am Dorfeingang doch nicht gebaut würde.

Er hatte ihnen noch allerlei erzählt, aber als Klume und Meinte jetzt noch einmal die Fakten durchgingen, schien vor allem Letzteres von Belang.

»Ob der Stolze da jemanden bestochen hat?«, überlegte Meinte laut.

»Na, den Supermarktinvestor wohl kaum. Von Geldsegen jedenfalls ist in dieser Kirche nichts spürbar.« Sie machte eine verächtliche Bewegung hin zu der im konventionellen Stil der 60er-Jahre erbauten Kirche, deren Innenausstattung keinerlei ästhetische Ambitionen erkennen ließ.

»Wenn schon«, überlegte sie dann laut, »hätte er wohl jemanden damit bestechen können, Beichtgeheimnisse auszuplaudern.«

»Vergessen Sie es«, sagte Meinte, »das machen nicht mal die Reformierten. Das Beichtgeheimnis ist heilig. Kein –«

Weiter kam der Kommissar nicht. Ein ohrenbetäubender Knall zerriss seinen Satz. Und dann die Kirchenfenster.

Instinktiv hatten sich beide Beamten zu Boden geworfen und die Arme über dem Kopf verschränkt. Doch als alles ruhig blieb, sah Klume auf: »Das war in der Kirche! Wir schauen uns das besser an.«

Noch bevor sie die Tür erreicht hatten, waren schon die ersten Einwohner zu sehen, die eilig auf die Kirche zurannten.

»Stopp! Keinen Schritt weiter. Wir sind die Polizei!« Meinte fuchtelte den Leuten mit seinem Ausweis vor der Nase herum und hoffte, sie damit zurückdrängen zu können, während seine Kollegin schon in der Kirchentür stand und kurz von ihrem Handy aufsah. »KTU ist unterwegs«, rief sie Meinte zu und verschwand in der Kirche.

Drinnen brauchte sie einen Moment, bis sich ihre Augen an den Rauch und Staub gewöhnt hatten. Gut, dass die Fenster jetzt draußen sind, dachte sie sarkastisch und ging näher an die Quelle des Qualms. Der Altar fehlte! Das heißt, er war noch da, doch Amrei Klume begriff in Sekundenschnelle, weshalb der Satz von Aristoteles eigentlich immer stimmte: Das Ganze ist mehr als die Summe seiner Teile! Angesichts des quasi atomisierten Altars überkam die Polizistin eine Art Demut, die sie lange nicht gespürt hatte.

Meinte war inzwischen auch im Innenraum angekommen und schüttelte den Kopf. »Was für eine Bescherung«, murmelte er und hielt sich ein Taschentuch aus Baumwolle vor Mund und Nase. »War keiner drin hier, oder?«

»Keine Ahnung«, zuckte Klume mit den Schultern, »falls einer am Altar gestanden haben sollte, ist er jetzt jedenfalls nicht mehr da. Lassen Sie uns rausgehen, wer weiß, ob noch was hochgeht. Ich hol die Sperrstreifen aus dem Auto. Bleiben Sie an der Tür, damit niemand reingeht.«

Eine Viertelstunde später mussten sich die Kollegen des kriminaltechnischen Dienstes ihren Weg durch eine Menschenansammlung bahnen. Das Entsetzen war den Einwohnern ins Gesicht geschrieben. Erst als ein weiterer Einsatzwagen den Platz um die Kirche großräumig absperrte, kehrten sie zurück in ihre Häuser.

Das Ermittlerduo saß erschöpft im Dienstwagen, als Grüning an das Autofenster klopfte. Klume öffnete die Wagentür, und Grüning zeigte den beiden ein kleines Plastikteil: »Da hat jemand wohl die Uhrzeit verwechselt. Der Sprengsatz war auf 7 Uhr gestellt gewesen. Würde mal vermuten, dass da einer vergessen hat, dass er ›a. m.‹ eingeben muss, wenn es ein amerikanischer Zünder ist.«

»Sie meinen, das Ding hätte eigentlich um 7 Uhr morgens bei der Frühmesse losgehen sollen?«, fragte Meinte ernst.

»Dann hätte da keiner überlebt«, schlussfolgerte Klume. »Lassen Sie uns gehen und morgen weiter nachdenken. Beziehungsweise – ich werde jetzt erst mal meine Bibelkenntnisse auffrischen und Amos lesen.«

Meinte startete den Wagen, Grüning ging zurück in die Kirche.

Und ab damit an Behringer!

9. KAPITEL
(FREITAG)

Henriette merkte als Erste, dass ihre Mutter nicht nur müde war. »Mama? War was Schlimmes auf Station?«

Eva-Maria nahm die Haare im Nacken zusammen und setzte sich wortlos zu uns an den Tisch. Die Art, wie sie sich Kaffee einschenkte, machte selbst der sensationslüsternen Frieda klar, dass sie abwarten musste.

Wir hielten alle drei in unseren Bewegungen inne und starrten Eva-Maria an. Irgendwann atmete sie hörbar aus und sagte: »Nicht bei uns, aber in der gegenüberliegenden Station. Da sind zwei Kinder eingeliefert worden. Schon am Nachmittag. Ihre Verletzungen sind gar nicht so schlimm. Aber die Geschichte dazu ist es.«

Sie machte eine Pause, die Frieda dazu nutzte, ganz schnell dreimal hintereinander von ihrem Nutellabrot abzubeißen.

»In Lenzdorf, oben im Schwarzwald, ist während eines Gottesdienstes in der katholischen Kirche das Kruzifix von der Wand gefallen und hat den Priester erschlagen. Die beiden Kinder waren als Ministranten dabei und wurden leicht verwundet.«

»Ist der echt tot, der Priester?«, fragte Frieda kauend.

Eva-Maria nickte: »Ja. Er war sofort tot. Das muss doch furchtbar für die Kinder sein, so was mitzuerleben.«

Ich sagte gar nichts. Henriette stellte dafür die Frage, die mir quer im Kopf saß: »War das ein Unfall? So was passiert doch eigentlich nicht von selbst?«

Eva-Maria zuckte mit den Schultern: »Keine Ahnung, die Kinder haben erzählt, dass die Polizei jetzt den Fall untersucht.«

Ich sagte immer noch nichts. Irgendwie verlegte sich die Unterhaltung dann auf Baumängel an öffentlichen Gebäuden, und fünf Minuten später waren wir alle außer Eva-Maria auf dem Weg in unsere Schulen.

Ich schaffte es, die ersten zwei Stunden nicht an die Geschehnisse in Lenzdorf zu denken, sondern einfach Biologie zu unterrichten. Aber in der ersten großen Pause setzte ich mich an einen Computer im Lehrerzimmer, um Näheres über den Vorfall herauszufinden. Ich probierte alle möglichen Stichworte aus, aber ich fand nichts. Schließlich beschloss ich, dass das nichts als ein äußerst erstaunlicher Zufall war, und verbot mir, weiter darüber nachzudenken.

Auf dem Weg in meine nächste Schulstunde lief Merle Rothenbacher im Flur im Stechschritt auf mich zu. Sie kam aus der Biologie, wo ich vorher unterrichtet hatte, und bebte vor Zorn. Schon aus drei Metern Entfernung brüllte sie mich an: »Und wenn du jetzt denkst, du könntest auch noch meinen Bio-Unterricht sabotieren, dann erkläre ich dir öffentlich den Krieg!«

Mein schockiertes »Wovon redest du überhaupt?« schien sie noch mehr zu ärgern.

»Tu nicht so scheinheilig. Nur du konntest wissen, dass ich für die zehnte Klasse Schweineblut besorgt habe. Und du weißt, dass ich mein Auto selten abschließe. Du hast es rausgenommen, damit ich blöd dastehe vor meiner Klasse. Dir ist echt gar nichts heilig. Ich melde das jetzt dem Rektor!«

Und damit ließ sie mich stehen.

Ich war zum zweiten Mal an diesem Tag schockiert. Klar hatte ich gewusst, dass sie diesen Schweineblutversuch in Klasse zehn vorbereitete. Das ist immer ziemlich kompliziert, weil inzwischen so strenge Hygieneregeln gelten. Aber warum hätte ich ihr eine solche Stunde vermasseln sollen? Zumal ich mir sicher war, dass Merle routiniert genug war, um die wesentlichen Essentials dieses Unterrichts auch ohne den Praxisversuch an die Leute zu kriegen. Ich fragte mich, was sie eigentlich von mir dachte. Und je länger ich darüber nachgrübelte, desto mehr regte ich mich selber auf. Was für eine frustrierte Schnepfe! Hielt sich tatsächlich für so wichtig, dass ich ihr was aus dem Auto klauen würde. Wie absurd! Völlig hysterisch.

Und wann überhaupt hätte ich das Blut klauen sollen? Und was hätte ich damit machen sollen? Blutwurst kochen? Im Klo runterspülen?

Keine Ahnung, was in dieser Frau vorging …

Als ich von der Schule kam, hatte Henriette bereits das Essen warm gemacht. Eva-Maria schlief noch. Jetzt, nach dem zweiten Streit mit Merle, fand ich die Übereinstimmung meines ersten Kapitels mit dem tödlichen Unfall in Lenzdorf nicht mehr so beängstigend. Ich beschloss, die halbe Stunde, bevor auch Frieda dazukam, dafür zu nutzen, meiner älteren Tochter von der Parallele zu erzählen.

Henriette reagierte anders, als ich mir das vorgestellt hatte: »Mensch, Papa, das ist ja cool. Dann verkauft sich dein Buch später bestimmt total gut. Du musst nur aufpassen, dass es nicht ganz genau gleich ist. Bestimmt kommt morgen was darüber in der Zeitung. Wie soll denn dein Krimi weitergehen?«

Ich berichtete ihr von meiner Idee mit Amos.

»Amos«, sagte sie gedehnt, »na – dann musst du wirklich keine Angst haben, dass sich noch mehr Parallelen ergeben. Der ist doch so was von out!«

Dieser Kommentar tröstete mich. Sie hatte ja recht. Amos war mehr als zweieinhalb Jahrtausende tot. Niemand außer mir, und vielleicht Henriettes Relilehrer, würde diesen Kerl in die Gegenwart holen wollen.

Zufrieden nahm ich mir ein großes Stück Tortilla.

Ungefähr gleichzeitig ertönte ein Klingelton, den ich nicht gleich zuordnen konnte. Henriette sprang auf, zog ihr Handy aus der Hosentasche und wurde rot, als sie die Nummer auf dem Display sah. Sie warf mir eine Kusshand zu und rannte aus dem Zimmer. Aha, dachte ich, ich bekomme Konkurrenz. Hoffentlich kein Supersportler. Das würde mich zu sehr unter Druck setzen.

Während ich mir eine Gabel Tortilla in den Mund schob, redete ich halblaut in den leeren Raum: »Die Kartoffeln dieses spanischen Gerichts kommen aus einem heimischen Biobetrieb, Amos. Nur dass du Bescheid weißt.«

Doch bevor Amos antworten konnte, kam Henriette wieder rein – immer noch mit geröteten Wangen – und häufte sich Tortilla und Salat auf den Teller. »Wie machst du noch mal die Tortilla, Papa?«, fragte sie schnell. Alles klar: Sie wollte jede Frage nach dem Anrufer verhindern.

Warum eigentlich? Fürchtete sie, dass ich ihr den Umgang mit ihm verbieten würde? Ich war doch einer von den guten Vätern. Da konnte mir selbst Amos nichts vorwerfen.

10. KAPITEL
(FREITAG)

Melancholisch betrachtete Reuter das große Foto im Stahlrahmen auf seinem Schreibtisch, es zeigte den Aufsichtsrat des SC, inklusive seiner Person. Im umstehenden Kreis dahinter sah man Hans, damals noch als Ehrenrat. Hans hatte sein Leben über lange Jahre begleitet. Immer im Hintergrund. Immer loyal. Ohne Bedenken hatte er auch seine Zukunft dem agilen Priester anvertraut. Schließlich war durch Hans der Kontakt zum Präsidenten des SC zustande gekommen. Legendär diese opulente, exklusive Weinprobe auf dessen Weingut. Es war Hans' Idee gewesen, ihn damals mitzunehmen und dem Präsidenten vorzustellen. Reuter erinnerte sich an jedes Detail. Der samtrote Spätburgunder im Probierglas. Die Schlieren des Weins beim Schwenken. Das Duftaroma des Prädikatsweins – er hatte es bis heute in der Nase. Es stellte sich stets ein, wenn er sich die Szene wieder vor Augen führte: Wie der Präsident auf ihre Zweiergruppe zukam, Hans herzlich begrüßte und dann mehr als aufmerksam zuhörte, als Hans ihn vorstellte: »Und hier, Fritz, ist mein guter Freund Eberhard Reu-

ter, Bürgermeister von Lenzdorf. Der zuverlässigste und tüchtigste Verwaltungsprofi, den ich kenne. Hat in Konstanz studiert. Und schon damals SC-Fan und Vereinsmitglied! Und ein guter Katholik!«

Der Präsident hatte ihm die Hand geschüttelt – ein wenig länger als üblich – und dann gesagt: »Hans' Freunde sind auch meine Freunde. Für dich, Eberhard, bin ich der Fritz! Komm, darauf trinken wir einen Extra-Tropfen, eine Auslese. Nur für besondere Freunde.« Er hatte einer der Frauen, die sich um den Service kümmerten, einen Wink gegeben, und zwei Minuten später stießen sie zu dritt an, mit einem Regent der Spitzenklasse in ordentlichen Weingläsern.

Auf Du und Du mit dem SC-Präsidenten! Beim ersten Aufeinandertreffen! Eine Sternstunde.

Am selben Nachmittag hatte ihn Hans auch mit den anderen Ehrenratsmitgliedern bekannt gemacht. Wenige Wochen später wurde er in den Aufsichtsrat gewählt. Einer unter acht.

Ja, Hans war ein echter Freund gewesen. Und jetzt war er tot. Einfach nicht mehr da.

Die Klingel am Amt schreckte ihn auf. Kurze Zeit später führte Frau Kärnten den Kommissar ins Zimmer, mit dem er am Tatort schon die wichtigsten Informationen ausgetauscht hatte.

Bachstern hatte offensichtlich nichts mehr mit dem Fall zu tun. Jetzt stand ihm ein Kommissar Walter gegenüber, und Reuter ertappte sich bei dem unsinnigen Gedanken, sich mit Eberhard vorzustellen.

Walter schien nichts von Zeitverschwendung zu halten: »Herr Reuter, sehen Sie einen Zusammenhang zwischen den anonymen Briefen an Sie und dem Unfall in der Kirche?«

»War es ein Unfall?«, fragte Reuter zurück.

»Das wissen wir noch nicht. Ich möchte von Ihnen wissen: Sind Sie selbst mitunter beim Mittagsgebet?«

»Hm«, überlegte Reuter, »ich war schon eine Weile nicht mehr dort. Ist bestimmt schon vier Wochen her. Im Frühjahr war ich ein paar Wochen hintereinander sehr regelmäßig. Also – ich gehe eher phasenweise öfter hin. Wie ein Quartalstrinker.«

Reuter fand seine Bemerkung selbst witzig, aber sein Gegenüber verzog keine Miene.

»Wir haben Frau Bendig befragt. Sie hat von Missstimmung gegen Sie und den Pfarrer gesprochen im Zusammenhang mit einem Grundstücksverkauf. Namentlich hat sie einen Großbäcker genannt, von dem sie meinte, er sei speziell verärgert, damals nicht den Zuschlag bekommen zu haben …«

Reuter lachte kurz auf: »Völlig überzogen! Wenn überhaupt, dann hätte der Rief, unser Ortsbäcker, Grund gehabt, den Hans zu vermöbeln, weil der seinem Sohn vor Jahren eine Fünf im Reliunterricht gegeben hat und der deswegen das zweite Mal sitzen blieb. Aber doch nicht wegen der Grundstücksvergabe.«

»Also erteilte der Priester auch Religionsunterricht hier?«

»Nicht hier in Lenzdorf. Ein paar Jahre lang hat

er in Freiburg ein paar Vertretungsstunden übernommen und unter anderem am humanistischen Gymnasium Religion unterrichtet. Ist schon eine Weile her. Riefs Sohn hat jedenfalls trotzdem noch irgendwann Abitur gemacht.«

»Gut, wir werden das überprüfen. Haben Sie eine Vermutung, wer Ihrem Pfarrer hier mindestens einen Schrecken hätte einjagen wollen?«

Reuter überlegte. Zum ersten Mal dachte er ernsthaft darüber nach, dass das Unglück nicht nur ein Unfall gewesen sein könnte. Er ging sämtliche Gemeinderäte durch, rief sich alle Freunde, die Hans sonst hier hatte, ins Gedächtnis; ja, sogar die SC-Funktionäre ließ er vor seinem inneren Auge vorübergehen – aber er erinnerte sich an keine bösen Worte oder Streitigkeiten. »Mir fällt niemand ein. Niemand. Hans war beliebt, und wer ihn nicht mochte, respektierte ihn. Er war ein liberaler Katholik.«

Walter horchte auf: »Wie meinen Sie das? In welchem Sinn liberal?«

»Na ja, er hat mir immer die Kommunion ausgeteilt, obwohl meine Tochter evangelisch erzogen und konfirmiert wurde. Er hat auch wiederverheirateten Gemeindemitgliedern die Kommunion ausgeteilt!« Als er Walters fragenden Blick sah, fühlte er sich bemüßigt, die katholische Rechtsauffassung näher zu erläutern: »Wissen Sie, mit einer erneuten Heirat haben die sich selbst in den Stand der Sünde versetzt, ja, sie haben sich sozusagen selbst exkommuniziert. Aber das hat Hans nicht gestört. Er ist auch sehr offen

mit seiner Beziehung zu Frau Bendig umgegangen. Wir haben das hier alle akzeptiert und –«

Walter schnitt ihm das Wort ab: »Sind Sie sicher, dass es niemanden gibt, der sich an dieser Lebensführung gestört hat?«

Der Bürgermeister rang nach Worten: »Ich – äh, also, ich weiß nicht … bei mir hat sich nie jemand – wie meinen Sie das? Nein, ich kenne niemanden hier, der sich über Hans geärgert hätte.«

Die anonymen Briefe fielen ihm ein, und plötzlich kam ihm ein unangenehmer Gedanke: »Herr Walter, halten Sie es für möglich, dass es Hans zu Unrecht getroffen hat, und eigentlich ich da hätte drunterliegen sollen? Ich meine, schließlich bin ich der erste Mann am Ort. Und wenn jemand einen Schuldigen sucht, komme doch eher ich infrage!«

Die Antwort des Kommissars beruhigte ihn nicht: »Wir prüfen gerade, ob das Kruzifix manipuliert war oder ob es nicht doch ein bedauerlicher Unfall war. Herr Reuter, ich wäre Ihnen dankbar, wenn Sie sich in den nächsten Tagen zur Verfügung halten könnten und uns außerdem melden, wenn Sie etwas Ungewöhnliches hier bemerken.«

Reuter nickte zerstreut. Er überlegte, weshalb der Kriminalbeamte ständig von sich im Plural sprach. War der Kommissar vielleicht gar nicht alleine da? Im Fernsehen gab es ja auch immer noch mindestens einen Assistenten oder eine Assistentin.

Er steckte die Visitenkarte von Walter in die Jackettasche und schaute aus dem Fenster zu, wie jener in einen Mercedes Kombi einstieg und ausparkte. Er entdeckte keine Assistentin darin.

Pluralis Majestatis, fiel ihm aus seinem Schulgedächtnis ein. Vielleicht sollte er das auch mal ausprobieren.

11. KAPITEL (FREITAGNACHMITTAG)

Am Nachmittag saß ich lange mit Eva-Maria in der Küche zusammen. Ich erzählte ihr von Merles verbaler Attacke und regte mich beim Erzählen schon wieder darüber auf. Von der merkwürdigen Parallele zu meinem Krimigeschehen in Lenzdorf sagte ich nichts. Ich hatte Eva-Maria meinen Plot bisher noch nicht erzählt. Nachdem Henriette das so locker sah, wollte ich es erst mal selbst noch weiter verdauen. Eventuell würde ich ja mein Anfangskapitel noch mal ändern. Um das zu entscheiden, brauchte ich einfach Zeit und einen kühlen Kopf. Aber Merles Anfall brachte mich immer noch in Rage; das musste ich loswerden.

Eva-Maria war überrascht über den Angriff der Kollegin und mutmaßte, dass sie wohl noch ein anderes Problem mit sich rumschleppe. Eventuell eine Beziehungskrise oder so.

Mir fiel auf, dass ich so gut wie nichts über Merles Privatleben wusste. Außer, dass sie ziemlich außerhalb wohnte und eigentlich nie in der ersten Stunde Unterricht hatte, damit sie es im Winter bei starkem Schneefall überhaupt in die Schule schaffte.

Die Überlegungen meiner Frau brachten mich auf eine Idee: Ich würde Merle in der Gestalt einer meiner Krimifiguren in meinen Stoff einpassen! Beflügelt von dieser Idee – und auch ein wenig euphorisiert von der Möglichkeit zur subtilen Rache – schrieb ich weiter.

Als Grüning endlich spät am Abend die Kirchentür in Adorf erneut versiegelte, stutzte er. Auf der großen Flügeltür war mit Kreide etwas aufgemalt. Er war sich sicher, dass dieser Schriftzug am Nachmittag noch nicht da gewesen war. Mechanisch griff er zum Fotoapparat, den er noch am Gürtel trug, und fotografierte die Tür. »Am 9,1«, stand dort. Er simste das Foto an Meinte und Klume. Beide bedankten sich per SMS. Auf dem Weg zum Auto fiel ihm eine große Gestalt jenseits der Sperrbänder auf. Als er näher kam, erkannte er den Diakon.

Stefan Schultes ging auf Grüning zu und streckte die Hand aus: »Guten Abend, Schultes mein Name, Sie haben mich gestern schon in der Kirche gesehen, ich bin der Diakon hier.«

»Ah ja«, murmelte Grüning, der nicht wusste, was es dazu noch zu sagen gäbe.

Aber der Diakon erwartete auch keine Antwort. Er fuhr fort: »Ich möchte Sie dringend bitten, mir ein paar Auskünfte zu erteilen. Die Leute sind verunsichert und haben Angst. Eigentlich sollte ich genau jetzt Gottesdienste halten, aber das geht ja nicht, solange die Kirche gesperrt ist. Können Sie mir sagen, wann Sie die Absperrung aufheben werden und was tatsächlich passiert ist? Sind weitere Zerstörungen in der Kirche zu befürchten? Sollten wir uns im Gemeindehaus liturgisch einrichten?«

Grüning starrte den gut aussehenden Geistlichen an: »Ich bin Techniker, nicht Kommissar und schon gleich gar kein Prophet. Ich kann Ihnen überhaupt keine Auskünfte geben. Doch, eine: Wir haben die Kirche auf sicherheitsgefährdende Sabotage untersucht. Wenn die zuständigen Kommissare unseren Bericht gelesen haben, werden sie entscheiden, ob die Sperrung aufgehoben wird beziehungsweise wann.«

Grüning drehte sich grußlos um, doch der Diakon hielt ihn mit einer schnellen Bewegung an der Jacke fest: »Das heißt, Sie haben keine weiteren Gefahrenquellen gefunden, nicht wahr? Es wäre gut, wenn ich das den Trostsuchenden sagen könnte. Kann ich?«

Grüning riss abrupt an seiner Jacke: »Ich weiß nicht, was Sie können. Ich habe Ihnen jedenfalls gesagt, wie das Verfahren läuft. Und jetzt möchte ich gehen. Sie gestatten –«

Mit raschen Schritten lief Grüning zum Auto. Er konnte im Rückspiegel erkennen, dass Schultes seinem Auto nachschaute, als er damit auf die Landstraße einbog. Komischer Typ, dachte er, aber vermutlich wird man so, wenn man sozusagen mit der Kirche verheiratet ist.

Was Grüning nicht mehr sehen konnte, war, dass

der Diakon beinahe schlendernd in seine Wohnung zurückging. Er wohnte unter dem ermordeten Pfarrer und dessen Haushälterin im historischen Pfarrhaus. Vor wenigen Jahren war es so umgebaut worden, dass es nun zwei voneinander getrennte Wohnungen darin gab. In einem Jahr würde er zum Priester geweiht werden. Auf seiner ersten Pfarrstelle würde er gleich als Erstes jemanden einstellen, der sich um Haushalt und Küche kümmerte. Er aß gerne gut, doch alles, was mit Hauswirtschaft zu tun hatte, war ihm lästig.

Als er die Haustür aufschloss, bemerkte er, dass es nichts zu bemerken gab. Frau Bruns hatte anscheinend nichts gekocht. Sonst wärmte sie oft noch etwas von dem Essen für ihn auf, das sie für Hans gekocht hatte. Im Hausflur hing deshalb normalerweise bereits der Geruch der deftigen badischen Landfrauenkost. Doch heute hing nichts in der Luft. Es war auch nichts zu hören. Keine geistlichen Klänge aus dem Arbeitszimmer von Hans. Kein munter-biederes Moderatorengeplapper aus dem Küchenradio oben. Es war befremdlich still.

Auch als er probehalber bei Hans' Wohnung klingelte, regte sich nichts. Nun gut. Frau Bruns hatte wohl die Einsamkeit nicht ausgehalten und war jemanden besuchen gegangen. Es war ihm egal. Er ging zurück in seine Wohnung, machte einen Kniefall vor der Lindenholz-Madonna in der Diele und schlenderte dann in sein Arbeitszimmer, wo auch die HiFi-Anlage stand. Per Fernbedienung startete er Monteverdis Marienvesper und setzte sich mit geschlossenen Augen in den schwarzen Ledersessel.

Zur selben Zeit saß Berta Bruns auf der orangenen Couch von Ann-Katherine Pleschke. Die kleine Sophie war bereits im Bett, Ann-Katherines Mann hatte sich in sein Arbeitszimmer zurückgezogen. Ann-Katherine hatte der Haushälterin eines der wollig-weichen Plaids gegeben und ihr eine Tasse Ingwertee gekocht. Sie saß Berta Bruns gegenüber. Ihr Gesichtsausdruck changierte zwischen Mitleid und Ungeduld. Doch das bemerkte die nervöse Frau nicht; sie war Opfer ihres eigenen Redeschwalls. Seit 20 Minuten quoll es nahezu ohne Pause aus ihr heraus. Ann-Katherine hatte aufgehört zuzuhören. Sie kannte Berta seit vielen Jahren. Immer war sie ihrem Onkel treu gewesen, hatte seine Kollarhemden gebügelt, seine Wäsche gewaschen, die Wohnung geputzt, die Mahlzeiten pünktlich zubereitet und war nebenbei noch zu einer Art Beraterin des Pfarrers geworden. Nicht, dass Berta Bruns intellektuelle Kompetenzen gehabt hätte. Doch war sie mit jener Art intuitiver Menschenkenntnis gesegnet, wie sie Akademikern oft fehlt. Und so hatte sich Hans Stolze häufig mit seiner Haushälterin besprochen, wenn im Kirchengemeinderat heikle Themen anstanden oder renitente Personen ihm das Leben schwer machten.

Ann-Katherine ertappte sich dabei, wie ihre Augen über Berta Bruns Konturen schweiften. Die festen

Oberarme, die mütterliche Oberweite, der brave Faltenrock, der stramm auf den nicht wirklich breiten Hüften saß. Ob ihr Onkel und Berta wirklich … Ein Aufschluchzen Bertas riss sie aus ihren Gedanken.

»Er hat immer gesagt, dass er ohne mich nicht mehr sein wolle. Aber ich habe ihm nie gesagt, dass ich auch nicht ohne ihn leben will. Und jetzt muss ich einsam sein. Ohne Aufgabe. Ohne Gesprächspartner. Ohne …«

Ann-Katherine schaltete wieder auf Durchzug. Sie wollte sich das nicht anhören. Sie war schließlich keine Seelsorgerin, und morgen war wieder Schule. Entschlossen stand sie auf: »Berta, ich weiß, dass es nicht fair ist, aber ich kann nicht mehr. Es ist jetzt nach elf, und ich muss morgen wieder um 6 Uhr aufstehen. Bitte geh jetzt. Vielleicht ist Stefan noch wach, dann kannst du ihn bitten, dir noch ein wenig Gesellschaft zu leisten.«

Berta schaute sie aus großen entsetzten Augen an: »Aber wenn der Mörder uns alle töten will! Mich auch! Und Schultes womöglich auch! Ich kann doch jetzt nicht einfach nach Hause gehen.«

Als Berta Bruns Stefans Nachnamen aussprach, zuckte Ann-Katherines rechtes Augenlid – ein nervöser Tick, mehr nicht, aber Berta schien das bemerkt zu haben. Sie fuhr fort, eine Spur leiser und dunkler im Tonfall: »Das kannst du doch nicht wollen, dass wir alle sterben? Annka, tu doch nicht so, als ob dich das alles nichts anginge. Es geht dich durchaus was an, nicht wahr?«

Möglich, dass Berta Bruns einer plötzlichen Intuition nachgegeben hatte, möglich, dass sie gar nicht wusste, was sie da sagte, aber Ann-Katherine hatte genug. »Es reicht, Berta. Bitte geh jetzt. Niemand will euch umbringen. Das mit Hans war wahrscheinlich einfach ein Unfall. Geh jetzt.«

Berta Bruns stand mit einem Ruck auf und warf das braune Plaid ab. Die Tasse fiel um, und der Ingwertee, von dem sie keinen Schluck getrunken hatte, ergoss sich über die Glasplatte des Couchtischs. Ohne sich darum zu kümmern, ohne noch ein weiteres Wort zu verlieren, griff sie sich ihre Jacke von der Garderobe und ging hinaus. Die Tür schloss sie dennoch leise.

Am nächsten Morgen lasen Meinte und Klume gemeinsam den Bericht der KTU. Er brachte keine neuen Erkenntnisse. Das einzig Weiterführende war, dass außer den Manipulationen an Kreuz und Altar keine weiteren in der Kirche vorgefunden worden waren.

»Sollen wir die Kirche dann wieder freigeben?«, überlegte Meinte laut. »Oder provozieren wir damit nur den nächsten Schlag?«

»Das denke ich nicht«, sagte seine Partnerin entschieden. »Ich habe mich gestern noch eingehend mit dem Propheten Amos beschäftigt. Die Zerstörung des Altars ist das letzte Zeichen oder besser die letzte Vision des Amos'. Freundlicherweise hat unser Täter uns mit den vorigen verschont, sonst hätten wir es mit einer Heuschreckenplage, einer Feuersbrunst oder faulendem Obst zu tun bekommen.«

»Faulendes Obst? Kann man davon sterben?« Meinte klang ehrlich entsetzt.

»Nein, sind nur Bilder dafür, wie verdorben die Menschen damals waren, denen Amos versuchte, die Leviten zu lesen.«

»Hm, ich habe natürlich auch die Stelle nachgelesen, die an der Kirchentür geschrieben stand – aber so richtig kapiert hab ich's nicht. Ich hab's mir abfotografiert.« Meinte wischte über sein Handy. »Hier: ›Ich sah den Herrn über dem Altar stehen, und er sprach: Schlage an den Knauf, sodass die Pfosten beben und die Trümmer ihnen auf den Kopf fallen; und was noch übrig bleibt von ihnen, will ich mit dem Schwert töten, dass keiner von ihnen entfliehen noch irgendeiner entkommen soll.‹ Hä? Knauf und Pfosten?«

Klume grinste. »Da hat der Hugenotte in Ihnen sich in der Vergangenheit wohl zu sehr aufs Neue Testament konzentriert. Tatsache ist, dass die Altäre im Alten Orient unterschiedliche Funktionen hatten. Es gab kleinere für Rauchopfer zum Beispiel, die hatten die Höhe und Größe unserer Grillwagen. Allerdings aus massivem Stein. An den oberen Ecken hatten sie Hörner. Dann gab es aber auch noch die großen Schlachtopferaltäre. Die waren richtig massiv und groß, Stufen führten hinauf, und oft war ein Baldachin darübergespannt. Diese Altäre waren der Ort des Kontakts mit Gott. Dort wurden Opfer dargebracht, um die durch eine Sünde gestörte Beziehung zu Gott wieder in Ordnung zu bringen. Wenn es bei Amos heißt, dass so ein Altar zerstört wird und zum Grab der Menschen wird, dann bedeutet das, dass Gott sich nicht mehr versöhnen lässt, dass er den Kontakt abbricht und die Menschen seines Schutzes beraubt, sie sind dem Tod durch die Feinde preisgegeben.«

Meinte stand der Mund offen: »Habe ich in Ihrem Lebenslauf ein paar Semester Theologie übersehen?«

»Nein, Sie haben auf Ihrem PC die Google-Funktion übersehen!«

»Wir sollten noch mal nach Adorf hochfahren und Schultes und Bruns befragen. Vielleicht hat der Pfarrer ja gerade eine Reihe über Amos gemacht, oder irgend sonst jemand ist als Gerechtigkeit-Gottes-Fanatiker aufgefallen.«

»In katholischen Kirchen gibt es keine Predigtreihen«, widersprach Meintes Kollegin. »Aber ich bin auch für Hinfahren, ich will dringend noch mal mit der Haushälterin reden.«

Eine halbe Stunde später parkten sie vor dem Adorfer Pfarrhaus und klingelten beim Namensschild »Pfr. Stolze/B. Bruns«. Sie hörten, wie drinnen im ersten Stock eine Art Gong ertönte, der Meinte unangenehm an seine Schulzeit erinnerte. Er bekam feuchte Hände. Niemand öffnete.

»Ob sie bei Freunden ist?«, überlegte Klume und klingelte kurzerhand beim Diakon Schultes. Es ertönte derselbe Glockenton. Meinte wurde überschwemmt von einer erstaunlich detaillierten Erinnerung.

Er stand an der Tafel mit der Kreide in der Hand und sollte die Ableitung dritten Grades zu der angeschriebenen Funktion bilden. Schwitzend schrieb er Zahlen und Buchstaben hinter das f mit den drei Strichen. Der Trebes kam auf ihn zu, kopfschüttelnd, nahm ihm die Kreide aus der Hand und strich seinen kläglichen Versuch einfach durch. Und in der ersten Reihe saß die schöne Isabel. Gelangweilt strich sie sich das Haar aus dem Gesicht und nannte die richtige Lösung.

Meinte spürte, wie er rot wurde. Der Türsummer erlöste ihn aus seinem Trauma. Die Kriminalbeamten gingen hinein, Meintes Gesicht war immer noch gerötet.

Die Wohnung des Diakons hatte eine spürbare Ausstrahlung. Die spärliche, aber hochwertige Möblierung sah aus wie aus dem Manufactum-Katalog. Anordnung und Farben ließen auf einen Ästheten schließen, nur die da und dort verstreuten Kleinigkeiten vermittelten einen eher chaotischen Eindruck, der nicht so richtig passte. Als ob hier noch eine weitere Person wohnte, ging es Amrei Klume durch den Kopf.

»Wir wollen Sie nicht lange stören, Herr Schultes«, begann Meinte, »wir möchten nur wissen, ob Sie uns sagen können, wo Frau Bruns um diese Zeit sein könnte. Sie hat jedenfalls nicht geöffnet.«

Schultes Augenbrauen hoben sich, die linke höher als die rechte. »Sie müsste da sein«, sagte er und wischte sich mit einer lässigen Bewegung die blonden Haare aus der Stirn. »Jedenfalls habe ich sie gestern Abend spät nach Hause kommen hören – sicher nach elf. Und weggegangen ist sie heute Morgen auch noch nicht. Zumindest habe ich nichts gehört. Aber wir können das leicht überprüfen: Hans und Frau Bruns ziehen grundsätzlich die Schuhe vor ihrer Wohnung aus und stellen sie auf die kleine Schuhbank. Wenn ihre braunen Halbschuhe dort stehen, muss sie eigentlich da sein.«

Er ging, ohne eine Reaktion der Kommissare abzuwarten, aus seiner Wohnung und die Treppe hinauf, Klume und Meinte folgten wortlos.

»Da! Sehen Sie!« Er zeigte auf ein Paar robuster Halbschuhe. »Sie ist bestimmt da. Vielleicht will sie nicht öffnen? Soll ich mal?«

Wieder wartete er nicht auf das Einverständnis seiner Begleiter, sondern drückte sofort auf den Klingelknopf. Nichts rührte sich drinnen. Darauf klopfte er gemessen an die Tür und rief: »Frau Bruns! Machen Sie doch bitte auf. Hier ist Stefan Schultes. Bitte öffnen Sie!«

Es war kein Laut von drinnen zu hören.

Ratlos drehte sich der Diakon um: »Keine Ahnung, was da los ist. Vielleicht gehen wir besser rein, um nachzusehen?«

»Haben Sie einen Zweitschlüssel für die Wohnung?«, wollte Meinte wissen.

»Nein, aber auf dem Pfarramt ist einer im Schlüsselkasten, ich hol ihn schnell.« Er war schon halb die Treppe hinunter, als Klume endlich reagierte: »Warten Sie, ich komme mit.«

Meinte blieb allein vor der Wohnungstür zurück. Ohne etwas zu berühren, besah er sich die Tür. Es waren mit bloßem Auge keine Spuren eines gewaltsamen Eindringens zu erkennen. Ob Berta Bruns eine Selbsttötung aus Verzweiflung zuzutrauen war? Einer plötzlichen Idee folgend stieg er die Treppen hinunter und betrat nochmals Schultes Wohnung, der in der Eile die Tür offen gelassen hatte. An der Garderobe hing ein blauer Dufflecoat für Männer und ein roter Schal. Ein Diakon mit rotem Schal – gewagt, fand der Kommissar. Dann blieb sein Blick an dem großen Spiegel hängen. Auffallend fleckenfrei, stellte Meinte neidvoll fest und dachte mit einem Seufzer an seine eigene, stets vernachlässigte Wohnung. Plötzlich fuhr er herum. Der Schal!

Er hatte diesen Schal schon gesehen. Aber nicht am Hals des Diakons. Eine Frau – er überlegte fieberhaft, welche der verhörten Frauen einen roten Schal angehabt hatte. Aber eigentlich war es gar nicht schwer: Ann-Katherine Pleschke! Die Nichte des ermordeten Priesters.

Ehe er weiter darüber nachdenken konnte, hörte er draußen Stimmen und ging leise und erstaunlich behände zurück an die obere Wohnungstür. Schon hörte er, wie sich unten die Haustür öffnete und seine Partnerin und der Diakon eintraten.

»Wer hat alles Zugang zum Pfarramt? Ist der Schlüsselkasten immer unverschlossen?«, hörte er Klume im Hausflur fragen.

Schultes gab die Antwort im Hinaufgehen: »Ich, Hans Stolze, Berta Bruns und die Sekretärin, Gerlind Peters, aber die ist seit fünf Tagen in Urlaub. Soll ich jetzt aufschließen?«

Meinte nickte, und Schultes öffnete die Tür.

Sie gingen über einen braun karierten Teppichboden durch die Diele in die geräumige Wohnung. Stefan Schultes rief leise nach Berta. Sie schauten zuerst in die Küche – wie albern, dachte Klume gleichzeitig, dass man Haushälterinnen immer zuerst in der Küche vermutet –, sie öffnete die Badezimmertür – keine Badewanne, nur eine Duschkabine. Keine Chance für den Kleopatra-Freitod, dachte sie und schloss die Tür wieder.

Meinte war bereits im nächsten Zimmer und rief laut: »Hier!«

Zu dritt standen sie um die Leiche von Berta Bruns. Ihre biedere Bluse war aufgerissen, der schlichte BH war blutgetränkt. Sie lag über dem gläsernen Couchtisch, auf dem sich eine blutige Lache gebildet hatte. Ein Arm der Toten hing über den Tisch und schien mit dem Zeigefinger auf die aufgeschlagene Bibel zu zeigen, die auf dem Boden lag. Etliche Zeilen waren blutig verschmiert, blutgetränkt, obwohl an diese Stelle kein Blut des Opfers hatte hingelangen können. Sie brauchten eine Weile, bis sie erkannten, dass die Haushälterin wohl durch Messerstiche ins Herz getötet worden war. Eine Tatwaffe war jedoch nicht zu sehen. Während Meinte schon bei der KTU anrief, ging Klume einmal um die Leiche herum. »Sie haben ihr die Unterhose ausgezogen und an den großen Zeh gehängt«, sagte sie angewidert.

»Wurde sie vergewaltigt?«, fragte der Diakon erschrocken, ohne den Blick von dem blutigen BH zu wenden.

Meinte hatte schon wieder aufgelegt und wandte sich zu Schultes um: »Was haben Sie heute Nacht eigentlich gemacht?«

12. KAPITEL (SAMSTAG)

Der Samstag begann, wie ein Samstag beginnen muss. Frieda hatte eine große Auswahl an Brötchen vom Bäcker geholt, wir frühstückten alle vier lange und ausgiebig, verteilten die Zeitungsseiten nach Neigung und unterhielten uns dabei über die Woche und das bevorstehende SC-Spiel.

Henriette entdeckte als Erste die Meldung über das Unglück in Lenzdorf. Es war nur eine Polizeimeldung, kein eigener Artikel.

»Das machen die so, um eventuelle Täter in Sicherheit zu wiegen«, erklärte Frieda wichtig und schnappte sich dann den entsprechenden Zeitungsteil. Tatsächlich war es eine sehr knappe Meldung: »… ist es bei einem Gottesdienst zu einem Unglück mit Todesfall gekommen: Während der Messe stürzte das zwei Meter große Bronzekruzifix in den Altarraum der Kirche und erschlug den dort amtierenden Pfarrer Hans Delpe, außerdem wurden wenige Anwesende leicht verletzt. Die Polizei prüft, ob von Fremdeinwirkung auszugehen ist.«

»Ihr Lieben«, Eva-Maria schob mit Schwung ihren

Teller von sich, »lasst uns heute rausgehen. Wir könnten doch eine Radtour in diese Strauße machen, wo ihr früher immer die Erdrutsche in Beschlag genommen habt!«

Die Mädchen waren nicht abgeneigt, wobei ich zu verstehen gab, dass ich spätestens zum SC-Spiel zurück sein müsse. Kein Problem, wurde mir versichert, man könne die Tour ja so radeln, dass ich auf dem Rückweg quasi automatisch am Stadion vorbeikäme. Obwohl dies kartografisch alles andere als realistisch, geschweige denn »quasi automatisch« war, schlug ich mir weitere Bedenken aus dem Kopf und zog meine Windjacke an.

»Siehst du, Amos, wir nehmen das Fahrrad. Null Emissionswerte. Nur dass du Bescheid weißt«, murmelte ich vor mich hin, während ich auch den Helm überzog, den ich meistens absichtlich vergesse. Befriedigt stellte ich fest, dass Amos zu meinen Ausführungen nichts einfiel. Aber vielleicht wusste er auch einfach nicht, was Emissionswerte waren.

13. KAPITEL (SAMSTAGNACHMITTAG)

Reuter studierte aus der Tageszeitung die heutige Aufstellung des SC für das Spiel gegen Nürnberg. Er hatte schon länger nicht mehr mit dem Trainer gesprochen, fiel ihm dabei ein. Vielleicht mal wieder eine Einladung in die Enoteca? Schließlich war dieser Trainer alles andere als ein Prolet. Er erinnerte sich gerne an die tiefsinnigen Gespräche mit dem belesenen Mann, der dennoch nie überheblich wirkte, was vermutlich auch an seinem Sprachidiom lag. Reuter freute sich an dem Wort »Idiom«. Es war eine Wohltat, wenn die Gedanken sich einer gepflegten Sprache bedienten.

Mit halbem Ohr hörte er Lärm an seiner Haustür, und gleich danach hämmerten Fäuste dagegen. Er trat rasch ins Treppenhaus und erkannte Martha Bendig, völlig aufgelöst, mit wirrem Haar und kaltem Schweiß auf dem bleichen Gesicht. Er verstand nicht, was sie auf ihn einredete, folgte ihr jedoch ohne Widerrede, als sie ihn am Ärmel auf die Straße und Richtung Kirche zog.

In der Kirche reimte er sich zusammen, was passiert war. Charlotte hatte offensichtlich Frühdienst als Ministrantin für die 7-Uhr-Messe gehabt. Jetzt saß sie in einer der hinteren Bankreihen und hielt sich beide Hände vors Gesicht. Der Diakon, der die Messe hätte halten sollen, saß mit starrem Blick neben ihr und hatte eine Hand auf ihrer Schulter.

Was Charlotte als Erste an diesem Morgen gesehen hatte, war in der Tat schockierend: Der Altar, dem durch das umgestürzte Kruzifix eine Ecke fehlte, war an allen Ecken mit Blut übergossen. Die Rinnsale waren bereits getrocknet, aber die Lache auf dem Boden glänzte noch feucht. Doch das Blut war nicht die einzige Verunstaltung des Altars. Er zeigte Spuren grober Beschädigung, sowohl auf der Sichtseite zur Gemeinde hin, als auch auf der Stellfläche. Als hätte jemand mit einem Bohrer willkürlich auf den Stein eingewirkt. Reuter holte die Visitenkarte aus der Jacketttasche und rief Kommissar Walter an.

Der war außerordentlich begriffsstutzig, fand Reuter. Dreimal musste er ihm erklären, dass der Altar in der Kirche geschändet worden war, womöglich mit dem Blut eines weiteren Verbrechens. Reuter war sich nicht sicher, ob der Kommissar es wirklich verstanden hatte, aber immerhin sagte Walter am Ende des Telefonats zu, sofort zu kommen. Vielleicht war er noch nicht richtig wach, überlegte der Bürgermeister. War ja auch früh für einen Samstag.

Mit einem Blick auf seine Schweizer Armbanduhr stellte er fest, dass es erst 7.27 Uhr war. Sehnsüchtig dachte er an seinen frisch aufgebrühten Kaf-

fee – eigens aus Italien importiert –, den er zu Hause hatte stehen lassen müssen; und auf welcher Position sollte noch mal der neue Spieler eingesetzt werden?

Bis der Kommissar endlich da war, hatte er es durch seine ruhige Art immerhin geschafft, Martha Bendig zu überreden, nach Hause zu gehen und sich zu bürsten. Die Haare in Ordnung zu bringen, brachte auch Ordnung in die Gedanken, davon war er überzeugt. Anerkennend stellte er außerdem fest, dass der Diakon inzwischen aus seiner Versteinerung erwacht war und Charlotte offensichtlich vollkommen beruhigt hatte. Sie lächelte sogar versuchsweise.

In diesem Moment hörte er das Auto des Kommissars vorfahren. Reuter ging ihm entgegen und versuchte, ihm das Wesentliche knapp zu schildern. Den Staub, den Altar, das Blut, den Schock der Ministrantin – womöglich eine Explosion?

Aber offensichtlich war der Beamte tatsächlich noch nicht ganz ausgeschlafen – unwirsch schnitt er Reuter das Wort ab: »Jetzt ist gut! Ich schau's mir einfach selber an, ich bin nicht blind – und leider auch nicht taub.« Reuter nahm das Gepolter sportlich und hielt Walter höflich die schwere Kirchentür auf.

Als er mit dem Kommissar seine Augen ein zweites Mal über die blutige Szene schweifen ließ, fiel ihm etwas auf, das er vorhin übersehen hatte: »Herr Walter, da – schauen Sie, die Bibel!«

Der Kommissar war bereits bei der schweren Altarbibel angelangt, die sowohl das herabstürzende Kruzifix wie nun auch die Altarschändung heil überstanden hatte, und schaute sich interessiert die aufgeschlagene Seite an.

»Sieht aus, als hätte jemand Wert darauf gelegt, dass wir diese Stelle lesen.« Er wies mit dem Finger auf wenige Zeilen, die aussahen, als hätte sie jemand mit Blut umrahmt.

»Amos«, sagte Reuter mechanisch.

»Ja. Altarvision«, ergänzte Walter und las laut vor: »Ich sah den Herrn beim Altar stehen. Er sagte: ›Zerschlag den Knauf der Säule, sodass die Tragbalken zittern. Ich zerschmettere allen den Kopf. Was dann noch übrig ist, töte ich mit dem Schwert. Keiner von ihnen kann entfliehen, keiner entrinnt, keiner entkommt.‹ Unser Täter scheint sich den Verhältnissen hier angepasst zu haben – einen Knauf jedenfalls konnte er an diesem Altar wohl nicht finden, also hat er grob auf die Flächen eingewirkt. Ohne durchschlagenden Erfolg, würde ich sagen. Aber das Blut macht natürlich auch was her. Wessen mag es wohl sein?«

Dann zog er sein Handy heraus, und Reuter hörte, wie er Grüning aus dem Schlaf klingelte.

»Wenn ich nicht mehr gebraucht werde, würde ich jetzt gerne gehen«, meldete Reuter seinen Rückzug an.

Der Kommissar nickte ihm zu und formte mit dem Mund die Worte: »Ich melde mich später bei Ihnen«, bevor er Grüning erneut zu erklären versuchte, weshalb dieser dringend erscheinen sollte.

Reuter verließ den Schauplatz.

Zu Hause schaffte er es, in den nächsten Stunden nicht an die Szenerie in der Kirche zu denken. Er las ausgiebig Zeitung, schaffte Ordnung in der Wohnung und versuchte sogar, seine Tochter zu erreichen. Ihr Handy war ausgeschaltet. Es war ihm nicht unrecht. Er hatte es immerhin versucht.

Am frühen Nachmittag fuhr er zum Einkaufen in die Stadt. Er brachte einige der Lebensmittel in seine kleine Wohnung in der Wiehre und machte sich dort einen Espresso in der De'Longhi-Maschine. Eine geruhsame Weile saß er mit dem perfekt temperierten Espresso auf dem Balkon und dachte nach. Inzwischen müssten seine Aufsichtsratskollegen und die Kollegin die Briefe erhalten haben. Er hatte eigens dafür schandhaft billige Umschläge gekauft. Ob dem Verkäufer des kleinen Schreibwarenladens aufgefallen war, dass er beim Bezahlen leicht errötet war? Umschläge solcher Qualität – das Wort war hier eigentlich nicht angebracht – hatte er noch nie gekauft. Auf die Formulierung der Briefe war er dagegen stolz. So subtil und dennoch eindeutig – das musste ihm erst mal jemand nachmachen.

Dann verließ er seine Stadtwohnung und parkte in der Nähe des Stadions vor dem Haus eines Aufsichtsratskollegen. Mit dem SC-Schal um den Hals holte er den Aufsichtsrat Männle in dessen – etwas schmucklosem – Häuschen ab. Reuter suchte nach Anzeichen in Männles Mimik und Geplauder, aber anscheinend brachte Männle den Brief nicht mit ihm in Verbindung. Sehr gut – der Brief an Männle war allerdings auch der harmloseste gewesen. Männle hatte seine beiden Teenager-Kinder ermuntert, sich an den Spielta-

gen ein Extra-Taschengeld als »Parkplatzordner« zu verdienen. Dabei wiesen die Jugendlichen den vielen Fußballbegeisterten, die mit dem Auto in den Freiburger Osten kamen, private Parkplätze in den Nebenstraßen rund ums Stadion zu, für die sie dann jeweils sieben Euro kassierten. Vielleicht war es ja auch wirklich unbedeutend, dass ein Aufsichtsrat seinen eigenen Kindern diesen kleinen Job zuschusterte. Aber für Reuter war es ein perfekter Anlass für eine kleine anonyme Erinnerung gewesen: »Sehr geehrter Herr Männle«, hatte er geschrieben, »als jemand, der es gut mit Ihnen meint, möchte ich Sie informieren, dass es Menschen im SC gibt, die behaupten, Sie ließen Ihren Kindern durch Ihren Posten besondere Vorteile zuwachsen. Zwar haben Sie engagierte Unterstützer Ihrer Person im Aufsichtsrat (nicht zuletzt sogar einen Bürgermeister), doch schützt Sie das im Zweifelsfall wohl nicht vor einer Untersuchung des Ehrenrats. Mir persönlich wäre sehr daran gelegen, dass Ihr Ruf unbeschädigt bleibt, deshalb diese Warnung. Ein lieber SC-Fan, der Ihren ausgleichenden Charakter schätzt, aber lieber unbekannt bleiben will.«

Reuter fand seine Zeilen immer noch genial. Unauffälliger konnte man kaum Werbung für sich selbst machen. Er lächelte. Passenderweise hatte Männle gerade einen kleinen Scherz gemacht. Im Stadion angekommen, schauten sie kurz in der VIP-Lounge vorbei, doch sie trafen niemanden von Interesse an. Zeit, die Plätze auf der Haupttribüne einzunehmen. Dann begann das Spiel.

Die erste Halbzeit verlief eher schleppend. Die Mannschaft spielte nicht auf dem gewohnten Niveau. Es war reines Glück, dass zwei Torschüsse der Gegner nicht trafen.

In der Halbzeit verließ Reuter seinen Platz, er wollte unter die Fans, die Masse spüren, abtauchen.

Dennoch fand er es eine Zumutung, dass er sich wegen eines Biers anstellen sollte. Kannte man ihn hier nicht? Er verschaffte sich Vortritt, indem er entschuldigend nach rechts und links »Der Aufsichtsrat« murmelte.

14. KAPITEL (SAMSTAGNACHMITTAG)

Die Fahrradtour war schön gewesen, das Spiel dagegen bisher alles andere. Die Spieler liefen wie heimatlos auf dem Spielfeld herum, und es war reines Glück, dass der Distanzschuss des Innenverteidigers der anderen nicht traf. Die zweite Torchance scheiterte am beherzten Einsatz unseres Torwarts, während die Verteidiger tatenlos zugesehen hatten, wie sich der Stürmer in den Torraum vorgearbeitet hatte. Neben mir stand der Geschäftsführer des BMW-Autohauses. Der hat auch eine Dauerkarte – leider. Wer BMW fährt, hat bei mir schon von vornherein verloren; vermutlich wäre ich da mal ganz einer Meinung mit Amos. BMW-Fahrer ist für mich ein Synonym für Egoist. Klar weiß ich, dass der Martens vom BMW-Autohaus theoretisch privat ein echt netter Kerl sein kann. Und um fair zu sein, muss ich auch sagen, dass er mich immer freundlich grüßt im Stadion. Von Eva-Maria weiß ich außerdem, dass er sich in ihrer Gemeinde aktiv engagiert. Aber ich bin mir sicher, dass er trotzdem noch nie für Tramper am Straßenrand angehalten hat. Das machen BMW-Fahrer einfach nicht. BMW-Fahrerinnen auch eher nicht.

Früher, zu meinen Studi-Zeiten, als es noch keine Flixbusse und kein BlaBlaCar gab, bin ich wahnsinnig viel getrampt. Das war gleichzeitig ein quasi autarkes Soziologiestudium. Ich habe dabei gelernt, welche Art von Menschen welche Art von Autos fahren. Mercedes-Fahrer beispielsweise kommen sich meistens als was Besseres vor. Aber sie nehmen durchaus Leute mit – und versuchen dann, so zu tun, als kämen sie sich nicht als was Besseres vor.

Opel-Fahrer sind in der Regel Vertreter, die gerne Anhalter mitnehmen, um Unterhaltung zu haben. Opel Corsa dagegen fahren meistens Frauen, deren Männer einen hochklassigeren Hauptwagen haben.

Audi-Fahrer sind schwer zu fassen. Tendenziell sind sie eher selten bereit, Tramper mitzunehmen. Aber ich habe auch Ausnahmen erlebt.

Die unkompliziertesten Mitnehmer waren damals die Leute mit französischen Automarken oder mit VW-Bussen. Aber Leute wie der Martens neben mir im Stadion sind wahrscheinlich immer schon nur BMW gefahren. Ich weiß nicht, ob BMW auch Kinderwagen herstellt. Aber wenn ja, dann hat der garantiert seinen Sohn in so einem BMW-Kinderwagen rumgefahren.

Als der Schiri die Halbzeit pfiff, zog er mit ein paar Gleichgesinnten (vermutlich alles BMW-Fahrer) Richtung Bewirtung.

Ich brauchte auch ein Bier. Dringend. Anders war

dieses Spiel heute nicht auszuhalten. Als ich endlich meinen Pappbecher in der Hand hatte, drängte sich einer von den »Wichtigen« durch die Schlange. Belstaff-Jacke und SC-Schal, wahrscheinlich war es wirklich einer vom Aufsichtsrat, zumindest rief er das vor sich hin, während er sich vordrängelte. Keine Ahnung, warum er sich nicht einfach ein Bier hat holen lassen. Die haben da doch bestimmt Personal. Jedenfalls drängelte er so, dass ich angerempelt wurde. Mit einer gewissen Genugtuung sah ich, dass mein überschwappendes Bier den »Aufsichtsrat« am Ärmel erwischte.

Instinktiv tat ich so, als hätte ich nichts gemerkt, und suchte das Weite. Diese Typen bringen es fertig und verdonnern einen, die Jacke zu ersetzen. Sie können eben die besseren Rechtsanwälte bezahlen.

Hoffentlich wurde der auch mal von einem Kopf-Amos heimgesucht. Bei dem gäbe es bestimmt mehr zu motzen als bei mir.

Die zweite Halbzeit brachte etwas mehr Abwechslung, doch Reuter konnte sich nicht wirklich konzentrieren. Zum einen irritierte ihn, dass seine Jacke Biergeruch verströmte, zum anderen holten ihn immer wieder Bilder von dem blutigen Altar ein. In welchem Körper mochte dieses Blut einmal geflossen sein? Es war unheimlich: Zuerst das Kruzifix, dann der Altar. Und Hans.

Zehn Minuten vor Ende des Spiels entschuldigte er sich bei den anderen Aufsichtsrätlern und verließ das Stadion. Als er etwas später mit dem Auto nach Hause fuhr, hörte er den Schlusspfiff und erkannte an dem ausbleibenden Jubel, dass es wohl 0:0 geendet hatte.

Es wurde nicht wesentlich besser in der zweiten Spielzeit. Der eher lahme Verlauf führte dazu, dass ich immer wieder an die Schule dachte und an die Beschuldigung meiner Kollegin. Als der Schlusspfiff das armselige Ereignis endlich beendete, hatte ich einen Entschluss gefasst: Ich würde bei ihr anrufen und mich erstens für meinen Auftritt neulich entschuldigen und zweitens auf ihre Anschuldigung bezüglich meiner Person zu sprechen kommen.

15. KAPITEL
(SONNTAG)

Es wurde dann doch Sonntag, bis ich zum Telefon griff. In der Liste des Kollegiums fand ich ihre Adresse und Telefonnummer. Mit leichtem Schaudern stellte ich fest, dass sie in Lenzdorf lebte.

Ob sie das Drama dort persönlich mitgenommen hatte? Vielleicht war sie ja mit diesem Pfarrer gut bekannt gewesen?

Erst recht ein Grund anzurufen.

Ich legte mir verschiedene Dialoganfänge zurecht: »Hallo, Merle, bitte schimpf nicht gleich los. Ich will dich um Entschuldigung bitten.«

Oder: »Hier ist Nils, und ich rufe an, weil ich mich nicht gut dir gegenüber benommen habe.«

Oder: »Nils Kielsen – ich möchte einiges richtigstellen.«

Oder: »Ja, hallo – ich weiß, es ist Sonntag, aber mir lässt unser Streit keine Ruhe …«

Ich entschied mich nicht endgültig, sondern wollte erst mal abwarten, wie ihre Stimme beim Abnehmen klingen würde.

Auf den Anrufbeantworter war ich allerdings

nicht eingestellt: »Sie haben die Nummer von Merle Rothenbacher gewählt. Im Augenblick bin ich nicht zu Hause, aber Sie können mir eine Nachricht nach dem Signalton aufsprechen. Ich rufe Sie dann gerne zurück.«

Es piepste. Ich stotterte los: »Nils hier. Nils Kielsen. Also, äh. Du, mir tut das echt leid mit unserem Streit. Ich wollte dich nicht verletzen. Aber das mit dem Blut war ich echt nicht. Lass uns reden, ja? Du kannst mich anrufen. Oder wir reden am Montag. Also, bis dann, tschüss.«

Nicht wirklich gelungen, aber immerhin – jetzt war sie am Zug.

Sonntage sind bei uns immer ein merkwürdiges Gemisch aus gepflegtem, gemeinsamem Vorsichhintrödeln und individuellen Gestaltungsaktionen.

Eva-Maria hatte es seit langer Zeit mal wieder in den Gottesdienst ihrer Gemeinde gezogen und Henriette war noch erstaunlichererweise mitgekommen. Vielleicht wollte sie ihre neue Frisur vor Publikum ausprobieren. Sie hatte sich so eine Art Kranz in die Haare geflochten. Na ja.

Frieda übte Rollschuhsprünge ohne Rollschuhe. Ich fuhr den PC hoch und saß eine Dreiviertelstunde über meinen bisherigen Kapiteln und korrigierte Kleinigkeiten. Mir fehlte jede Inspiration zum Weiterschreiben.

Schließlich wechselte ich in meine Mailbox und fand unter anderem eine Mail von Behringer: »Hallo,

Herr Kielsen. Der Krimi gewinnt an Fahrt. Ich bin gespannt, wie's weitergeht. Allerdings hoffe ich, dass Sie auf eine originellere Idee kommen, als Ann-Katherine und dem Diakon ein Verhältnis anzuhängen. Sicherheitshalber wiederhole ich meine Bitte: kein Katholiken-Bashing! (Ich brauche Sie nicht daran zu erinnern, dass der Verlagschef ein aufrechter Katholik ist.)

Übrigens: Wie erklären Sie sich die Vorgänge in Lenzdorf?

Das ist ja schon ein erstaunlicher Zufall, nicht? Könnte aber von Vorteil sein. Ich muss dem Chef nur klarmachen, dass Sie die Idee hatten, bevor das Unglück im Schwarzwald passiert ist. Und immerhin ist dort kein Amos unterwegs, soweit man weiß …

Einen effektiven Sonntag Ihnen, Ihr H. Behringer.«

»Effektiver Sonntag!« Ich schnaubte leise. Und war erst einmal ratlos.

Plötzlich hatte ich Lust auf Familiennachmittag. Ich ging in die Küche und suchte die Zutaten für meinen genialen Schmandkuchen zusammen. Der gelingt immer!

Henriette ließ sich den Kuchen am Nachmittag allerdings entgehen, sie war verabredet. Fürs Kino. Weswegen sie eine Dreiviertelstunde das Bad blockierte. In dieser Zeit stand ich nass geschwitzt vom Joggen vor der Badezimmertür. Hoffentlich bekam ich mal keine Erkältung vom langen Warten auf die Dusche.

Als sie endlich rauskam, hätte ich sie fast nicht erkannt. Sie hatte irgendwas mit ihren Haaren gemacht. Die wuschelten sich plötzlich nicht mehr wild bis auf die Schultern, sondern waren ganz glatt und nach hinten gekämmt. Na ja.

Als ich später Eva-Maria bei Kaffee und Kuchen nach Hintergrundinformationen zu Henriettes Date fragte, grinste sie nur. Dann stopfte sie sich ganz schnell ganz viel Kuchen in den Mund, sodass sie unmöglich sprechen konnte. Und als sie den Mund endlich wieder leer hatte, küsste sie mich, damit ich nicht mehr reden konnte. Ich fügte mich. Frieda schleppte Ligretto-Karten an. Bei diesem Spiel kann man keine Fragen nebenher stellen.

Warum halten Mütter und Töchter immer zusammen? Warum durfte ich nicht wissen, was meine Frau wusste?

Am Abend fuhr ich den PC noch mal hoch. »Tatort« vertrug ich heute nicht. Mein eigener »Fall« beschäftigte mich zu sehr. Ich beschloss, einfach die Figuren selbst weitermachen zu lassen. Manchmal entwickelt sich ein Plot am besten, wenn man den Personen freien Lauf lässt:

Schultes wurde blass: »Nichts. Ehrlich. Ich habe Ihnen doch schon gesagt, dass ich Berta nach Hause kommen hörte, als es schon elf vorbei war. Da stand ich bereits im Pyjama in der Küche. Ich habe mir Wasser heiß gemacht. Für die Wärmflasche.«

Amrei Klume musste trotz der ernsten Situation grinsen – Pyjama! Natürlich hatte der schicke Diakon keinen Schlafanzug, sondern einen Pyjama. Nur die Bettflasche, das war doch ein arger Stilbruch.

»Waren Sie alleine?«, fragte Meinte ernst.

»Natürlich!« Schultes' Stimme klang ehrlich entrüstet. »Ich werde bald zum Priester geweiht, vergessen? Ich bin Geistlicher, wir haben keine Übernachtkontakte!«

»Na, die Bordelle haben vormittags ihre höchste Besucherfrequenz – die Nacht ist kein Kriterium. Aber Sie könnten ja auch einfach freundschaftlichen Besuch gehabt haben. Apropos, das wollte ich Sie schon längst mal so direkt fragen: Waren Hans Stolze und Berta Bruns ein Paar?«

Schultes starrte den Kommissar verwirrt an. Zu seiner sichtbaren Erleichterung sprach plötzlich die Kommissarin: »Wenn man die blutige Bibelstelle entsprechend interpretiert, Herr Schultes, könnte man einen solchen Schluss ziehen. Hier steht – überflüssig zu erwähnen, dass es Amos ist: ›Hört dieses Wort, ihr Baschankühe auf dem Berg von Samaria, die ihr die Schwachen unterdrückt und die Armen zermalmt und zu euren Männern sagt: Schafft Wein herbei, wir wollen trinken. Bei seiner Heiligkeit hat Gott, der Herr, geschworen: Seht, Tage kommen über euch, da holt man euch mit dem Fleischerhaken weg, und was dann noch von euch übrig ist mit Angelhaken.‹ Nicht schön!«

Schultes hatte inzwischen rote Flecken im Gesicht. Aufgeregt sagte er: »Fleischerhaken! Das ist es. Der

Fleischer, also unser Dorfmetzger, der ist im Kirchengemeinderat. Ein Kreuznetkatholik, und er ist mit Gerlind Peters verwandt.«

»Erstens«, fragte Klume mit ruhiger Stimme, »was ist ein Kreuznetkatholik? Zweitens, wie heißt der Metzger? Drittens, wie ist er mit Gerlind Peters verwandt?«

»Was?« Schultes strich sich wieder die Haare aus dem Gesicht. Es war ihm nicht anzusehen, ob ihn sein eigener Geistesblitz oder die Fragenkaskade der Kommissarin so aus der Fassung brachte.

Endlich fuhr er sich mit beiden Händen über Stirn und Augen und wandte sein Gesicht der Kommissarin zu: »Kreuznet war eine ultrafundamentalistische katholische Internetseite. Ist schon vor längerer Zeit verboten worden. Dort war alles vom Teufel, was den Geist des Zweiten Vatikanischen Konzils atmet, also alles, was irgendwie liberal erscheint. Der Metzger heißt Georg Peters. Und was war noch die dritte Frage?«

»Wie er mit der Sekretärin verwandt ist«, wiederholte Meinte.

»Ach ja. Also, das ist komplizierter, als der Name vermuten lässt.« Der Diakon hatte sich endgültig wieder unter Kontrolle. Sein Tonfall bekam wieder den etwas belehrenden Unterton. »Der Vater vom Peters hieß eigentlich Riedel mit Nachnamen. Als dessen Frau starb, heiratete er eine Anna Peters, die aber auch schon Kinder hatte. Weil Riedel ihre Kinder nicht adoptierte, hießen die weiter Peters. Bald darauf starb er aber, und Anna Riedel, geborene Peters, hatte nun die Kinder ihres Exmannes mitzuversorgen. Und dann gab es irgendeinen komplizierten Erbstreit, als Anna Peters' Vater starb, der damit endete, dass nun alle Kinder Peters hießen. Gerlind ist also mit Gregor ab Jugendalter aufgewachsen, blutsverwandt sind sie allerdings nicht.«

Meinte und Klume hatten stumm Blicke gewechselt, als der Diakon die verworrene Geschichte erzählte. Es hätte ja genügt zu sagen, dass die beiden Stiefgeschwister waren, aber auf dem Land ließ man sich wohl keine Geschichte entgehen …

Als Grüning eintraf, verließen sie zu dritt den Tatort. Im Rausgehen wandte sich Klume nochmals Schultes zu: »Wir werden noch mal auf Sie zukommen, um Ihre Aussage aufzunehmen. Bis dann.«

»Gehen wir direkt zum Metzger?«, fragte Klume im Rausgehen.

Ein paar Minuten später saßen sie in dessen Büro.

Klume starrte auf den Tankstellenkalender, der achtlos an der Wand hing. Das Monatsfoto zeigte ein blühendes Rapsfeld. Die Tapete hinter dem Kalender war noch aus den 80ern und zeigte überall Vergilbungen und Risse. Der wuchtige Schreibtisch aus dunklem Holz nahm fast ein Drittel des Raums ein. Im zeitlos schäbig furnierten Regal standen unzählige Ordner. Nicht von Leitz, wie die Kommissarin aus den Augenwinkeln feststellte. Die Beschriftung der Ordner war ohne erkennbares System – Steuer, Versicherungen, Rechnungen, Investitionen, Auto, Briefe, Jahreszahlen, Personal, Schlachthaus.

Sie setzten sich nach Peters' Aufforderung an einen kleinen weißen Rundtisch. Die ebenfalls weißen Metallklappstühle hatten Plastiksitzflächen.

»Herr Peters«, begann Meinte, »Sie sind Mitglied des Kirchengemeinderats hier …«

»Und Mitglied des Gemeinderats unseres Ortes«, ergänzte Peters mit hörbarem Stolz in der Stimme.

»Ah ja, das also auch. Gut. Aber im Moment interessiert mich Ihr Verhältnis zu Ihrem verstorbenen Priester Stolze.«

Peters antwortete nicht gleich. Er sah auf seine Hände. Sie waren erstaunlich schlank für einen Metzgermeister.

Amrei Klume begann darüber nachzudenken, wieso man sich Metzger immer grobschlächtig vorstellte, und hätte darüber beinahe den Anfang von Peters' Aussage verpasst.

»Sie haben es ja bestimmt schon gehört«, sagte er leise, »ich konnte mit dem Stolze nicht. Völlig verweltlicht. Hat jedem die Eucharistie gegeben und jede ökumenische Trauung gemacht, die hier angemeldet wurde. Dabei geht das gar nicht – ökumenisch trauen.«

»Moment, Sie meinen das Formular C?« Klume konnte ihre Überraschung nicht verbergen. »Aber das ist doch der Normalfall bei gemischt konfessionellen Trauungen! Die Erzdiözese Freiburg hat mit der badischen evangelischen Landeskirche diese Art der Trauung ausdrücklich vereinbart!«

Peters schaute sie mit einem Ausdruck überheblichen Bedauerns an: »Klar, die Erzdiözesler – die wissen ja auch nicht mehr, was wirklich katholisch ist. Und die Evangelischen – die haben doch keine Ahnung von der Ehe. Nie und nimmer passt deren weltliches Verständnis zu der katholischen Wahrheit von der Ehe als Sakrament! Aber hat ja keiner auf mich gehört. Als ich mitbekommen habe, dass der Stolze unseren geschiedenen Bürgermeister die Lesung in einem Wortgottesdienst hat machen lassen, da habe ich aus Protest den Gottesdienst verlassen. Jawohl! Und habe mich über Stolze beim Bischof in Freiburg beschwert.«

»Und?«, fragte Klume, und ihr Interesse war echt, »was ist passiert?«

Peters machte eine wegwerfende Handbewegung. »Nichts. Nichts ist passiert. Die stecken doch alle unter einer Decke, haben sich in die weltliche Liberalität eingekuschelt! Ich habe ein Schreiben bekommen, in dem darauf verwiesen wird, dass ein Priester Lesungen an Menschen seines Vertrauens übertragen kann, solange es nicht die Evangeliumslesung ist. Vorsorglich haben sie gleich noch dazugeschrieben, dass in seelsorglichen Sonderfällen ein Priester sogar Menschen, die nach einer Scheidung eine zweite Ehe eingehen, die Kommunion reichen kann. Das ist doch nicht richtig! Nur solange ein Geschiedener keine neue Ehe eingeht, wird die Kirchenzucht nicht auf ihn angewandt. Ich frage mich wirklich, weshalb unsere Kirche ihr eigenes Recht lehrt, wenn sie es dann gar nicht anwendet. Da ist es dann kein Wunder, wenn es der Diakon auch nicht so genau nimmt mit der wahren Lehre.«

»Wie meinen Sie das?«, fragte Meinte und erinnerte sich an die Entrüstung des jungen Mannes bei der Frage nach Übernachtungsbesuch.

»Na«, zischte Peters, »fragen Sie ihn doch mal, wie er zur Nichte von Stolze steht. Mehr sag ich nicht.«

Meinte schaute Klume fragend an, die sagte leise: »Pleschke. Das ist die Lehrerin, die auch im Gottesdienst war. Hat eine Tochter, arbeitet in Freiburg.«

Meinte sah wieder den roten Schal vor sich, den er in der Wohnung des Diakons gesehen hatte.

»Herr Peters, wie schätzen Sie das Verhältnis zwischen Stolze und seiner Haushälterin ein?«, wechselte er das Thema.

Peters zog eine Augenbraue hoch: »Ich kann nicht auch noch das häusliche Leben unseres Pfarrers kontrollieren. Ich habe aufgepasst, dass in der Kirche alles mit rechten Dingen zugeht. Und schließlich hat ja nun doch eine Art göttlicher Gerechtigkeit eingegriffen. Vom Herrgott selbst ist er erschlagen worden! Wenn das kein Zeichen ist.« Erschöpft und zufrieden lehnte sich der Metzger in dem unbequemen Stuhl zurück.

Klume lehnte sich nach vorne: »Herr Peters, was haben Sie zwischen 23 Uhr gestern Abend bis heute früh gemacht?«

Überraschung zeichnete sich auf dem Gesicht des Metzgers ab. Er antwortete irritiert: »Wieso gestern?

Ich weiß nicht – ich … Ich gehe eigentlich immer gegen 22.30 Uhr ins Bett. Und dann stehe ich um 6 Uhr auf und gehe ins Kühlhaus. Meine Frau – sie kann das bezeugen. Warum denn? Was ist passiert?«

Meinte hatte bereits wieder eine Nummer in sein Handy getippt. Jetzt sprach er: »Grüning? Wie lange braucht ihr noch? – Ah, dann schicken Sie jemanden rüber in die Metzgerei, sie sollen alle Messer hier untersuchen.«

Fassungslos starrte Peters den Kommissar an: »Sie können mir doch nicht alle Messer mitnehmen. Wie sollen wir denn hier arbeiten? Das ist eine Metzgerei!«

»Das ist Ihr Problem. Wir haben einen Mord aufzuklären. Ich habe allerdings noch eine Frage an Sie: Haben Sie Ihre Stiefschwester Gerlind gesehen, bevor sie in den Urlaub fuhr?«

»Gerlind? Ist die im Urlaub? Komisch. Hat sie gar nichts von erzählt. In der Kirche am Sonntag hab ich sie gesehen, da hat sie nichts gesagt. Aber kann schon sein, dass sie weggefahren ist. Wir haben nicht den allerengsten Kontakt. In meinen Laden kommt sie nicht. Ist Ve-ge-ta-rie-rin!« Er sprach das Wort aus, als handelte es sich um eine ansteckende Krankheit. Dann beugte er sich nach vorne und fragte: »Wer wurde denn ermordet, das könnten Sie mir ja mal noch erzählen. Vielleicht bin ich auch gefährdet?«

Klume war schon aufgestanden und zur Tür gegangen. Doch jetzt drehte sie sich noch einmal um: »Das wäre dann tatsächlich interessant! Aber gut, Sie werden's ja sowieso erfahren: Berta Bruns ist tot.«

Peters blieb mit offenem Mund auf seinem Klappstuhl sitzen. Als sie hinausgingen, hörten sie ihn murmeln: »Das ist die Strafe Gottes. Die Strafe Gottes.«

Unschlüssig standen Klume und Meinte vor der Metzgerei herum. Beide spürten sie große Lust auf eine Zigarette, aber niemals wären sie auf die Idee gekommen, darüber zu reden.

Meintes Handy läutete. Er nahm ab und sagte außer seinem Namen nur noch ein paarmal »Aha« und »Ja«. Als er das Handy wieder in die Jackentasche steckte, schaute er seine Partnerin an: »Wir haben endlich den letzten Gottesdienstbesucher ausfindig gemacht. Ein Urlauber aus dem Saarland. Wohnt im Moment in der Pension Kreuz. Das ist nicht weit von der Kirche. Ich habe ihn auf's Präsidium bestellt. Heute Nachmittag.«

»Ich komm da nicht mehr mit«, sagte Klume nachdenklich. »Zu viele Verwandte, zu viele Verdächtige, zu viel Amos. Ich glaube, wir sind auf der völlig falschen Spur. Was, wenn Stolze einfach in ganz andere Geschäfte verwickelt war und seine Autorität als Geistlicher ausgenutzt hat?«

Meinte reagierte prompt: »Ich sage Grüning, er soll den PC bei Stolze mitnehmen, und ich schau mir gleich mal die Akten in seinem Arbeitszimmer an.«

»Dann vergessen Sie nicht, im Badezimmer und in den Schlafzimmern nachzuschauen, ob es Hinweise darauf gibt, dass Bruns und Stolze ein Paar waren. Ich geh solange mal in die Uniklinik und schaue nach den beiden Ministranten. Sie können ja mit Grüning zurückfahren.«

Ich speicherte das neue Kapitel ab und schaffte es, rechtzeitig zu den Tagesthemen bei Eva-Maria auf dem Sofa zu sitzen.

Angesichts des Ausmaßes an Gewalt, Katastrophen und Unglücken, die an diesem Abend über den Bildschirm flimmerten, kam mir der Vorfall in Lenzdorf beinahe gnädig vor.

Auf dem Weg ins Bad meldete sich Amos: »All diese Katastrophen, sie sind ein Zeichen! Ihr habt die Pfade der Gerechtigkeit verlassen. Alles ordnet ihr dem Profit unter. Ihr werdet untergehen.«

Ich: »Du gehst mir auf die Nerven, Amos. Ich weiß, dass die Menschheit vieles falsch macht und dass es Ausbeutung und Unterdrückung, ja sogar Versklavung gibt. Aber da hätte Gott eben sein Modell noch mal warten sollen, bevor er uns die Welt überantwortet.«

Amos: »Das ist Gotteslästerung, Nils Kielsen! Gott hat den Menschen perfekt geschaffen. Doch der Mensch hat sich gegen seinen Schöpfer aufgelehnt, und Tod und Verderben werden folgen …«

Ich erinnerte mich an die Erzählung, wie Luther angeblich mit seinem Tintenfass nach dem Teufel warf, als der ihn auf der Wartburg quälte. Da ich im Bad keine Tinte zur Hand hatte, nahm ich mein Deospray und sprühte in die Luft: »Verdufte, Amos. Für heute reicht's mir. Lass uns morgen weiterstreiten.«

Und Amos trollte sich.

16. KAPITEL (SONNTAGABEND)

Reuter hatte sich für den »Tatort« im Fernsehen entschieden. Auf dem Glastisch vor seiner Couch stand eine Flasche Weißwein aus der Gascogne im Weinkühler. Er platzierte in zehn Zentimetern Abstand davon eines der aparten Weißweingläser. Er beglückwünschte sich zu seiner umsichtigen Idee damals, diese Gläser zu verstecken, damit sie Alexandra beim Auszug nicht mitnehmen konnte. Zufrieden schaltete er den Fernsehapparat an und schenkte sich noch vor dem Vorspann ein Glas Wein ein. Den ersten Schluck erlaubte er sich jedoch immer erst, wenn die Titelmelodie zu Ende war. Das hatte Stil, fand er.

Reuter liebte seine kleinen Alltagsrituale. Er hatte noch nicht geschluckt, als es an der Tür klingelte. Mit dem Schluckreflex verwarf er die Idee, einfach nicht zu öffnen. Es war ihm sofort klar, dass ein solches Verhalten im Moment nicht opportun war. Also stand er auf, verkniff sich ein Seufzen und ging in den Flur, wo er den Türöffner betätigte. Als er die Klinke der Wohnungstür berührte, sah er durch das Glasfenster die geduckte Gestalt des Diakons die Treppe hoch-

gleiten. Reuter dachte kurz darüber nach, weshalb ihm der Begriff »gleiten« passend schien, wenn er den Diakon sich bewegen sah. Doch dann entschied er, dass dies keine vorrangige Frage war, und öffnete Fischer die Tür.

»Guten Abend, Herr Reuter. Ich weiß, dass ich störe. Es ist aber wichtig, dass ich Sie sofort informiere: Martha Bendig packt ihre Koffer!«

»Aha«, sagte Reuter und zog die linke Augenbraue nach oben, »will sie verreisen?«

»Sie sagt, sie hätte anonyme Anrufe bekommen.« Fischer blieb auf der Fußmatte stehen. Reuter stellte erleichtert fest, dass der Diakon sauberes Schuhwerk trug. Die Fußmatte aus reinem Sisal würde unbeschmutzt bleiben.

»Von wem?«, fragte Reuter. Im selben Moment fiel ihm auf, dass diese Frage unsinnig war.

Der Diakon ging darüber hinweg und redete weiter: »Jemand habe sie als ›Kuh‹ bezeichnet.«

Reuter war überrascht: »Jemand hat angerufen und gesagt, sie sei eine dumme Kuh?«

»Nein«, Fischer machte sein Lehrergesicht, »jemand hat sie als ›Kuh von Baschan‹ bezeichnet!«

»Ah?«, machte Reuter und versuchte, nicht dumm auszusehen.

»Kühe von Baschan! Ist aus der Bibel. Ein Vorwurf im Alten Testament an Frauen, die im Luxus leben und andere ausbeuten.«

Reuter witterte seine Chance: »Ach ja, Amos, nicht?«

Dieses Mal versuchte Fischer, nicht dumm zu schauen: »Ja, genau. Sie kennen sich aus?«

»Na ja, soweit es zur Allgemeinbildung gehört.« Er machte eine wegwerfende Handbewegung. »Aber warum will sie weg?«

»Na ja« – Lehrergesicht – »es ist ja so, dass den ›Kühen von Baschan‹ bei Amos das Gericht angedroht wird, Gottes vernichtendes Urteil.«

»Und Martha meint, sie könne diesem Urteil durch Verreisen entkommen?«

»Martha Bendig ist eine gläubige Katholikin, Herr Reuter. Sie weiß, dass niemand« – Pfarrergesicht – »Gott entkommen kann. Sie will ins Kloster.«

»Ach so!« Mehr fiel ihm dazu nicht ein. »Und das wollten Sie mir jetzt sagen, damit ich sie aufhalte, oder was soll ich Ihrer Meinung nach tun?«

Der Diakon verzog den Mund zu einem halben Grinsen. »Nein, Herr Reuter. Sie«, und dabei deutete er mit dem Zeigefinger auf ihn, »können Martha Bendig ganz bestimmt nicht aufhalten. Aber ich dachte, dass es vielleicht wichtig für die Ermittlungen ist. Schließlich ist Martha ja eine wichtige Zeugin.«

»Ach so, ja. Natürlich. In welches Kloster will sie denn? Dann werde ich den Kommissar verständigen.«

»Das hat sie mir leider nicht gesagt. Aber ich bin mir ziemlich sicher, dass sie nach St. Trudpert fährt. Sie kennt dort eine Ordensschwester aus der Schulzeit.«

»St. Trudpert im Münstertal?« Reuter war froh, dass er das Kloster sofort geografisch einordnen konnte.

Als Fischer nickte, legte er ihm verbindlich eine Hand auf die Schulter und schob ihn von der Fußmatte. »Herzlichen Dank für Ihre Information, Herr Fischer. Ich werde das sofort Kommissar Walter melden. Dann können die notwendigen weiteren Schritte eingeleitet werden. Machen Sie sich keine Sorgen. Gute Nacht.«

Fischer ließ sich nach draußen drängen und zuckte im Gehen mit den Schultern. Reuter sah ihm nach, wie er die Treppe hinabglitt, während er überlegte, was in diesem Fall eigentlich »notwendige weitere Schritte« sein könnten.

Der nächste Schluck Weißwein hatte nicht mehr die richtige Temperatur. Außerdem konnte er der Handlung des Krimis nicht so ganz folgen. Der Anfang wäre offenbar wichtig gewesen. Es ging um eine ermordete junge Frau, deren Liebhaber unter Verdacht geriet. Abgedroschen. Am Ende war es womöglich der Gärtner.

Reuter war nicht mehr aufnahmefähig. Verärgert schaltete er den Apparat aus und schickte eine SMS an Walter, mit der er ihn über Martha Bendigs Abreise informierte. Eigentlich hatte er dabei auch die Stelle mit den Baschan-Kühen aus Amos zitieren wollen, doch er fand keine Bibel in seinem Bücherregal. Bestimmt hatte Alexandra die mitgenommen.

17. KAPITEL (MONTAGVORMITTAG)

Montags stehe ich absichtlich zehn Minuten früher auf. Damit ich den Sportteil zu Hause noch durchkriege. An diesem Montag blieb ich jedoch bei einer Meldung auf der Landkreisseite hängen: »Lenzdorfer Altar geschändet«, lautete die Überschrift.

Mir wurde kurz schwarz vor Augen. Ich bat Eva-Maria, mir den Artikel vorzulesen, und wurde immer bleicher. Ob nun gesprengt oder blutbesudelt – die Parallele war mehr als offensichtlich. Ich erzählte Eva-Maria nun auch endlich, dass schon das Unglück mit dem Lenzdorfer Kruzifix in meinem Krimi auftauchte und hier nun ein zweites Motiv Realität geworden war. Eva-Maria schlug vor, dass ich zu Hause bleiben sollte, aber das hätte mich noch fertiger gemacht. Ich floh geradezu vor dem Zeitungsbericht in die Schule.

Die Doppelstunde Biokurs lenkte mich ab. In der Pause holte ich mir einen Kaffee im Lehrerzimmer und hielt nach Merle Ausschau, um zu erfahren, wie sie meinen Anruf aufgenommen hatte. Weil ich sie nirgends sah, ging ich zurück in die Biologie – sie hatte dort jetzt Unterricht. Doch sie kam nicht. Unser Kollege Montes erschien, um sie zu vertreten. Ich musste in die Unterstufe. Auf dem Weg dorthin sah ich am Schwarzen Brett, dass alle ihre Stunden vertreten wurden.

Die nächste Pause nutzte ich, um im Sekretariat nach ihr zu fragen. Doch die Sekretärin schüttelte nur nervös den Kopf: »Keine Ahnung. Sie ist nicht gekommen und hat sich aber auch nicht krankgemeldet. Ich habe schon in den Krankenhäusern angerufen. Inzwischen kümmert sich die Polizei darum.«

Die Polizei? Wieso kümmerte sich die Polizei, wenn eine Lehrerin nicht bei der Arbeit erschien? In den Fernsehkrimis schritt die Polizei immer erst ein, wenn jemand nach 24 Stunden nicht wieder auftauchte. Mir wurde mulmig. Irgendwas passte da nicht. Oder doch? Womöglich zu gut? Warum hatte mich Merle am Sonntag nicht mehr zurückgerufen?

Ich gab meine letzte Unterrichtstunde an diesem Vormittag und fuhr leicht verstört nach Hause. Ausgerechnet jetzt war niemand da. Ich brauchte dringend jemanden zum Reden.

Stattdessen hatte ich einen Anruf auf dem Anrufbeantworter: »Behringer. Herr Kielsen, was ist da los? Wer weiß von Ihrem Plot? Das wird langsam gefährlich. Bitte melden Sie sich bei mir, damit wir eine Strategie für Ihre Story überlegen können, die nicht alle naselang von der Wirklichkeit eingeholt wird.«

18. KAPITEL (MONTAGVORMITTAG)

Walter hatte kurzerhand alle einbestellt, den kompletten Gemeinderat des Ortes. Im Gemeindesaal saßen sie nun alle an dem großen Sitzungstisch. Reuter schaute vorsichtig in die Runde. Neben ihm saß Bäckermeister Rief, er hatte Mehl unter den Fingernägeln – Reuter beschloss, ihn bei anderer Gelegenheit diskret darauf hinzuweisen. Neben Rief saß ausnahmsweise der Bestatter. Kunze hielt sich sonst an seine Exfrau, aber die war einige Minuten zu spät gekommen und saß nun kurioserweise ihm selbst am Nächsten. Kunze war wie immer schwarz gekleidet, nur eine, wie Reuter fand, unpassende gelbfarbene Fliege ließ ihn auf skurrile Weise lebensfroh wirken.

Daneben der Metzger, grobschlächtig, wie man sich Metzger vorstellte, doch mit einer fein geschwungenen Nase, die Reuter immer wieder an seinen Lateinunterricht denken ließ – an die Bilder von Männerbüsten mit Adlernasen und schwer zu übersetzenden Briefen. Der Bürgermeister seufzte unwillkürlich. Er erinnerte sich daran, dass Hans ein hervorragender Kenner antiker lateinischer Texte gewesen war.

Dann fiel ihm auf, dass Merle Rothenbacher fehlte. Sonst war sie immer pünktlich gewesen – wieso denke ich im Präteritum?, fragte er sich und stellte eine fiktive Rechnung auf, wie schnell man die Strecke von Merles Schule zurück zum Dorf schaffen konnte, selbst wenn man keinen Volvo-SUV fuhr wie er selbst.

Reuter runzelte die Stirn und registrierte, dass der alte Wehner schlecht rasiert war.

Daneben saß die Irmer und überspielte ihre Nervosität, indem sie auf einem Notizblock herumkritzelte.

Magnus Benrath zwirbelte seinen Schnauzer. Reuter bemerkte graue Haare darin. An seiner Hand prangte ein doppelter Ehering.

Reuter ertappte sich dabei, wie er überlegte, ob Benrath nach dem Tod seiner Frau ihr den Ehering abgenommen hatte. Oder hatte sie ihn womöglich selbst schon vorher abgezogen? Wie war das gewesen damals? Reuter wollte jetzt nicht daran denken.

Er blieb am letzten Gesicht der Runde hängen. Alexandra saß nur durch zwei leere Stühle von ihm getrennt.

Durch zwei leere Stühle und ein ganzes Universum an unterschiedlichen Gedanken, Gefühlen und Gelebtem, ergänzte er im Stillen. Es ärgerte ihn, dass ihm nur eine grammatikalisch unsaubere Alliteration einfiel. Doch mitten in seine Wortsuche hinein polterte der Kommissar, der sein Aufnahmegerät aufbaute: »Ich werde Ihnen nun Fragen stellen. Ihnen allen zusammen. Ich mache Sie darauf aufmerksam, dass neben dem Aufnahmegerät auch eine Kamera mitläuft. Selbstverständlich werden wir die Mitschnitte nur intern verwenden. Außerdem sollten Sie wissen, dass wir das Recht haben, Sie jeweils einzeln aufs Präsidium zu bestellen, sollte sich aus Ihren Aussagen für uns dazu die Notwendigkeit ergeben.«

Wieder ärgerte sich Reuter über den dauernden Plural des Kommissars. Bestimmt hatte er nicht den Techniker gemeint, der an einer Kamera stand, die nicht ganz dem neuesten Stand entsprach.

»Sind Sie vollzählig?«, war die erste Frage Walters.

Alle schauten sich um, und Reuter fühlte sich autorisiert zu antworten: »Frau Rothenbacher fehlt. Mir ist nicht bekannt, dass sie sich entschuldigt hätte.«

»Richtig«, nickte Walter, »Frau Rothenbacher konnten wir nirgendwo erreichen. Wir kümmern uns später darum. Meine nächste Frage: Wer von Ihnen hat gegen den Bau des katholischen Gymnasiums gestimmt?«

Reuters Exfrau, Magnus Benrath und der Bestatter hoben die Hand.

»Welchem Angebot hätten Sie den Vorzug gegeben?« Walter schaute die drei abwechselnd an.

»Sicher nicht der Großbäckerei«, begann Alexandra Reuter, »denn einen Bäcker haben wir ja im Dorf.« Sie nickte aufmunternd zu Rief hinüber. »Das Festo-Angebot war zum einen überzeugend, und zum anderen halte ich die Sache mit dem Internat nach wie vor für ein abgekartetes Spiel unter Männern. Und Sie alle«, sie schaute triumphierend in die Runde,

»Sie alle haben sich vor den Karren Eberhards spannen lassen!«

Reuter fühlte den Ärger in sich hochsteigen, doch da kam ihm glücklicherweise der Kriminalbeamte zu Hilfe: »Das hier ist kein Tribunal, Frau Reuter, sondern eine Vernehmung!«

Reuter warf dem Beamten einen Blick zu, für den er sich das Adjektiv »dankbar« ausgesucht hatte. Dann fühlte er sich verpflichtet, sich vor dem Gremium zu verteidigen: »Ihnen allen ist bekannt, dass ich ein großer Freund der Jugend bin. Hier im Dorf habe ich dafür gesorgt, dass die Waldspielplätze neu angelegt werden und der Fußballplatz nicht bepflanzt wird. In Freiburg schätzt man meine Expertise für die SC-Jugendabteilung. Es ist also nur folgerichtig, dass ich auch hier ein Projekt favorisiere, das der Jugend hilft und nicht dem Kommerz.«

Alexandra Reuter lachte verächtlich, und unter den anderen machte sich Unruhe breit.

Magnus Benrath erhob sich und sprach lauter als gewöhnlich: »Herr Reuter, wir alle hier wissen, dass Sie nicht vorhaben, in zwei Jahren wieder als Bürgermeister zu kandidieren. Jeder weiß, dass Sie Ambitionen Richtung SC-Vorstand haben.«

Der Bürgermeister schnappte nach Luft – sollte tatsächlich Hans geplaudert haben? Das war nicht möglich. Woher wusste Benrath davon? Er setzte mehrmals zu einer Antwort an, aber es wollten sich keine Worte in seinem Mund formen. Ob Benrath mit einem der Aufsichtsräte bekannt war? Ob die

Klages womöglich bei Benrath ihre Versicherungen abgeschlossen hatte und den Kratzer am Auto des Präsidenten doch gemeldet hatte? Dann hätte sein anonymer Brief genau das Gegenteil von dem bewirkt, was er sich davon versprochen hatte.

»Und welche Verbindung haben Sie zum Freiburger Sport-Club?«, fragte er schließlich und hoffte, dass es sich so schneidend anhörte, wie er es meinte.

Kommissar Walter schien die Unterhaltung interessant zu finden. Er stand an die Wand gelehnt hinter dem Tisch und beobachtete aufmerksam die Reaktionen der einzelnen Gemeinderäte. Benrath grinste einfach, anstatt zu antworten. Reuter schnaubte.

»Wo ist denn jetzt eigentlich Frau Rothenbacher?«, fragte plötzlich der Metzger. Er fühlte sich unwohl als Zeuge dieses Miniaturstreits und wollte das Thema wechseln.

Als alle die Achseln zuckten, überlegte er laut: »Komisch, ich habe sie am Freitag zum letzten Mal gesehen. Normalerweise kommt sie jeden Samstag in den Laden und kauft ein. Aber diesen Samstag war sie nicht da.«

Auch Reuter war froh über den Themenwechsel: »Na ja, wenn sie schon Freitag bei dir war – so viel braucht sie doch nicht. Ist ja alleinstehend. Allerdings frage ich mich inzwischen auch, wo sie sein könnte. Im Vorfeld dieser Sitzung«, er schaute kurz zu Walter und beschloss, sich zu korrigieren: »Im Vorfeld dieser Vernehmung habe ich sie angerufen. Aber sie ist nicht ans Telefon gegangen. Ich habe es mehrere Male versucht. So konnte ich sie nur per Short Message über das Treffen – also die Vernehmung – heute Nachmittag unterrichten.«

»Es ist komisch, dass sie am Samstag nicht da war, dabei bleib ich.« Peters war noch nicht bereit, das Thema Merle Rothenbacher zu wechseln. »Am Freitag war sie vor Ladenöffnung bei mir und hat Schweineblut für die Schule geholt. Da macht sie so Versuche in Bio. Hat sie schon öfter gemacht. Aber eingekauft hat sie am Freitag natürlich nicht.«

Jetzt schaltete sich Walter ein: »Wir kümmern uns um den Verbleib von Frau Rothenbacher, Herr Peters. Wir haben heute andere Fragen. Zum Beispiel, Herr Reuter: Wie lange sind Sie geschieden?«

»Wir haben uns vor sieben Jahren getrennt, die Scheidung war vor fünf Jahren. Richtig, Alexandra?«

Seine Exfrau nickte grimmig.

»Das heißt, dass bei Ihrer Kandidatur vor sieben Jahren äußerlich noch alles in Ordnung war?«

Reuter verstand nicht, worauf der Kommissar hinauswollte. Er bewegte den Kopf etwas unentschieden hin und her, weil ihm nicht klar war, was eine gute Antwort auf diese Frage sein könnte.

Doch Alexandra Reuter hatte keine Hemmungen: »In Ordnung? Herr Kommissar, nichts war in Ordnung. Unsere Ehe war eine Tortur, zumindest für mich und Regula! Seit Regulas Konfirmation waren wir nur noch auf dem Papier verheiratet. Eberhard tyrannisierte uns, weil wir nicht konvertieren woll-

ten. Er fand, dass eine evangelische Frau und Tochter einen schlechten Eindruck machen, wenn ein Katholik für das Bürgermeisteramt in einem katholischen Ort kandidiert.«

Reuter spürte, wie ihm das Blut in den Kopf stieg. Mit diesem Thema hatte er nicht gerechnet. Er hatte es auch tatsächlich längst verdrängt. Im Grunde hatte er längst jener Geschichte Glauben geschenkt, die er sonst erzählte, wenn er auf seine Scheidung angesprochen wurde: zu viel Arbeit, zu wenig Zeit für die Beziehung, auseinandergelebt, Differenzen, die immer größer wurden, und so weiter.

Walters Interesse war geweckt: »Und jetzt? Wo ist Ihre Tochter jetzt? Wie verstehen Sie sich mit ihr?«

Wieder antwortete Alexandra Reuter: »Er hat sie seit zwei Jahren nicht mehr gesehen. Nach der Trennung hat sie bei mir gewohnt. Seit drei Jahren studiert sie in Freiburg, ich besuche sie regelmäßig. Sie selbst will nicht mehr hierher nach Lenzdorf kommen. Wegen ihres Vaters. Wenigstens bezahlt er die Unterhaltskosten, was ja das Mindeste ist.«

Reuter wollte endlich wieder selbst die Regie übernehmen. »Sie übertreibt«, hörte er sich sagen, und die eigene Stimme klang ihm fremd, »natürlich hätte ich es lieber gesehen, wenn wir eine gemeinsame Konfession gehabt hätten, aber deswegen reicht man doch keine Scheidung ein.«

»Man nicht. Du schon«, giftete seine Exfrau zurück. »Aber wir können auch gerne noch erzählen, dass dir Frau Benrath die Trennung noch leichter gemacht

hat. Schade, dass sie dann Krebs bekam. Da hattest du dann leider keine Zeit mehr, sie in der Klinik zu besuchen.«

Beim letzten Satz zuckte Benrath merklich zusammen. Walter wandte sich jetzt ihm zu: »Herr Benrath, entspricht das den Tatsachen? Hatte Herr Reuter ein Verhältnis mit Ihrer Frau?«

Der Versicherungskaufmann zuckte langsam die Achseln. Endlich öffnete er den Mund: »Sie ist tot. Was soll das jetzt?«

Walter ließ nicht locker: »Haben Sie gegen das Internat gestimmt, weil Sie von Herrn Reuters Affäre mit Ihrer Frau wussten?«

Reuter konnte das nicht so stehen lassen: »Elli Benrath ist seit drei Jahren tot! Es war nichts Ernstes zwischen uns – es war längst vorbei, als die Diagnose kam …«

Jetzt drehte sich Benrath direkt zu Reuter. Als erwache er aus einem Traum, setzte er sich sehr aufrecht hin, sah dem Bürgermeister ins Gesicht und sagte deutlich akzentuiert: »Für dich war es genau dann vorbei. Du hast sie aufgegeben, als der Eingriff anstand. Sie hat noch Monate später, im Sterben, deinen Namen gerufen. Ihr letzter Satz war ›Eberhard, wo bist du?‹ Ich, ich *war da. Ich habe sie gepflegt bis zum letzten Atemzug, ich war immer da. Aber sie hat mich nicht mehr erkannt.« Dann sackte er wieder in sich zusammen und drehte sich weg.*

Walter sah ihn nachdenklich an, entschloss sich dann jedoch, den Bestattungsunternehmer zu befra-

gen. »Herr Kunze, auch Sie waren gegen das Internat. Was sind Ihre Hintergründe?«

Kunze sah kurz zu Alexandra Reuter hinüber und sagte dann schnell: »Ist doch klar: Festo wäre ein echter wirtschaftlicher Gewinn gewesen. Aber ein katholisches Internat? Muss doch nicht alles katholisch werden hier.«

Langsam ging der Kommissar um den Tisch herum. Alle hielten den Atem an. Hinter Reuter blieb er stehen. Der Bürgermeister meinte zu spüren, wie es im Kommissar arbeitete. Doch gerade als er Luft holte, um zu sprechen, polterten mehrere Polizeibeamte zur Tür herein: »Herr Walter, kommen Sie. Wir haben einen weiteren Mord!«

Walter drehte sich zu den Gemeinderäten um und sagte sehr entschieden: »Wir lösen das Sammelverhör auf. Halten Sie sich bitte für Einzelverhöre bereit!«

Bei dem Wort »Einzelverhöre« schlug er sein Mantelrevers hoch. Ein Auftritt wie aus dem Fernsehen, dachte Reuter leicht amüsiert – und verließ ebenfalls den Raum.

19. KAPITEL (MONTAGNACHMITTAG)

Endlich kam Eva-Maria zurück. Sie hatte eingekauft und machte sich sofort an die Vorbereitung fürs Mittagessen. Ich ging mit ihr in die Küche und schnippelte das Gemüse. Dabei versuchte ich, so beiläufig wie möglich zu erzählen, dass Merle nicht da gewesen sei.

Als die Beamten mit Walter den Raum verließen, stand Reuter abrupt auf und ging hinterher. Es war kein weiter Weg zu Merle Rothenbachers Wohnung. Die Polizisten hatten die Tür aufgebrochen, nachdem niemand etwas über den Verbleib der Lehrerin sagen konnte, außer, dass das Auto das ganze Wochenende wie jetzt auf dem Parkplatz gestanden hätte.

Sie lag mitten im Flur. Beim Aufbrechen der Tür war ihr linker Arm verschoben worden. Sie trug eine Jeans und ein hellblaues Hemd. Es war nur wenig Blut zu sehen. Die Rinnsale waren lägst getrocknet und sahen aus wie eine bizarre Zeichnung auf ihrem Gesicht. Am Hals endete eine dicke Blutspur ganz plötzlich.

Als Reuter vorsichtig dazukam, erschrak er: Sie sah aus, als sei sie einfach zerbrochen.

Der Kommissar bemerkte nicht, dass Reuter in der Tür stand. Er hatte eben entdeckt, dass neben dem Körper der Toten eine aufgeschlagene Bibel lag. Über etliche Zeilen des dünnen Papiers lief Blut.

Dann schaute er auf und donnerte los: »Was tun Sie hier, Herr Reuter? Verlassen Sie sofort diesen Ort.«

Noch ehe Reuter reagieren konnte, rief ein Beamter aus dem Wohnzimmer: »Lassen Sie ihn nicht gehen, Chef. Hören Sie sich erst mal den Anrufbeantworter an.«

»Sie warten hier«, knurrte Walter und ging zu dem Kollegen. Kurze Zeit später hörte Reuter von seinem Standort neben der Leiche die Stimme eines Fremden, die aufgewühlt klang. Und kurz danach seine eigene: »Merle? Merle, bitte nimm ab. Es tut mir leid! Ich hätte euch nicht so abwimmeln sollen. Ich kann alles erklären, was du gefunden hast. Komm, Merle, verdirb dir deine Zukunft nicht. Schon bald wird alles gut. Denk doch an die neue Stelle, vielleicht kannst du Konrektorin werden! Wäre das nicht schön? Komm, nimm ab, du bist doch meine Katze …« Reuter begann zu schwitzen.

Als Walter zurück in den Flur trat und ihn fragend ansah, kam er ihm zuvor: »Ja, wir hatten was miteinander. Nicht so, wie Sie jetzt denken, eher so gelegentlich. Also, die Merle war ja alleine. Und ich war auch manchmal alleine. Und da geht das dann halt so. Manchmal. War aber klar, dass daraus nichts Ernstes wird. Ich hatte ihr eine Stelle im Internat in Aussicht gestellt. Sie ist nicht gerne in die Stadt zu ihrer Schule gefahren, aber wegziehen von hier wollte sie auch nicht. Also war die Sache mit dem Internat ideal, gerade auch für sie. Sie war ja Bio- und Relilehrerin. Ziemlich beliebt. Tja, und jetzt das. Warum nur? Ob sie gestolpert ist?«

Walter sah ihn an, als sei er der Dorftrottel und nicht der Bürgermeister.

»Nicht gestolpert?«, beeilte sich Reuter hinzuzufügen. »Dann – Sie meinen, also – wurde sie ermordet?«

Walter sagte immer noch nichts. Er stand in seiner ganzen Breite vor ihm und schwieg. Den Mantelkragen hatte er immer noch nach oben geklappt.

»Das ist schrecklich. Ganz und gar fürchterlich. Eine so hübsche junge Frau. Die das Leben noch vor sich hat. Jetzt liegt sie hier in ihrem Blut. Und der Mörder – er muss hier aus dem Dorf kommen, nicht wahr, Herr Kommissar?« Reuter hatte einen Anflug von Panik in der Stimme. Ruckartig schaute er um sich.

Doch der Kommissar ging mit keinem Wort auf Reuters Gestammel ein, sondern fragte ohne Umschweife: »Was hat Merle Rothenbacher bei Ihnen gefunden? Und wer war noch beteiligt?«

Reuter spürte, wie er blass wurde. Er fuchtelte mit den Händen, aber ausnahmsweise wurden sie nicht von Worten begleitet. Schließlich ließ er die Hände sinken. Er flüsterte: »Darüber möchte ich jetzt nicht sprechen. Mir geht das alles zu nahe.« In einer weit ausholenden Geste legte er beide Hände über seinem Herzen aufeinander.

Im selben Moment bemerkte Reuter, dass seine anrührende Szene von den Beamten in Merles Wohnung zunichtegemacht wurde. »Herr Walter, da hat jemand das Arbeitszimmer durchsucht. Müssten jede Menge Spuren da sein. Ich ruf mal die Untersuchungstechnik an.«

»In Ordnung«, rief Walter durch die offene Tür zurück, ohne Reuter aus den Augen zu lassen. »Was hat sie gefunden? Was haben Sie hier gesucht?«

»Ich möchte erst mit meinem Anwalt sprechen.« Reuter war froh, durch etliche TV-Krimis für diese Situation gewappnet zu sein.

»In Ordnung«, knurrte der Kommissar. »Sprechen Sie mit Ihrem Anwalt. Solange sichere ich den Tatort. In einer Stunde komm ich zu Ihnen. Sie halten sich bereit.«

Als Reuter endlich ging, hörte er noch, wie einer der Beamten Walter erklärte, dass sie den ersten Anrufer ausfindig gemacht hätten. Er hörte außerdem, wie Walter sagte: »Sobald die Leute von der KTU da sind, fahrt ihr zu diesem Kielsen. Aufnehmen, wie er zu Rothenbacher steht. Eventuell aufs Präsidium mitnehmen.«

Draußen wählte Reuter die Nummer des Anwalts, der auch den SC vertrat. Als die sonore Stimme der Empfangsdame erklang, fühlte er sich sofort geborgen und aufgefangen. Alles war gut.

Eva-Maria hörte mir zu. Ihre Stirn legte sich dabei in Falten und ihr rechtes Ohrläppchen zuckte. Sie konnte sofort nachvollziehen, weshalb mich die Auskunft der Schulsekretärin, dass die Polizei eingeschaltet worden sei, noch zusätzlich beunruhigte. »Weißt du, wo sie wohnt? Dann könntest du vielleicht hinfahren«, schlug sie vor. Doch noch ehe ich antworten konnte, klingelte es.

Henriette und Frieda waren gemeinsam zu Hause angekommen, aber sie kamen nicht allein – zwei Polizeibeamte gingen hinter ihnen die Treppe hoch.

»Was ist passiert?«, fragte Eva-Maria sofort und umarmte unsere Jüngere.

»Mit den Kindern ist alles in Ordnung. Wir wollten zu Ihnen«, sagte der eine Beamte in meine Richtung, »wir haben Ihre Töchter nur zufällig vor dem Haus angetroffen. Nils Kielsen?«

Ich nickte.

»Haben Sie Merle Rothenbacher am Sonntag auf den Anrufbeantworter gesprochen?«

Ich nickte wieder.

»Dann hätten wir ein paar Fragen an Sie.«

Der Polizist hatte einen Notizblock in der Hand, der ihn irgendwie anachronistisch aussehen ließ. Offensichtlich war der andere der Meinung, dass sein Kollege nicht gleichzeitig reden und schreiben konnte, deswegen fragte er jetzt sehr direkt: »Herr Kielsen, in welchem Verhältnis stehen sie zu Frau Rothenbacher?«

»Na, in einem kollegialen. Wir unterrichten an derselben Schule. Beide Bio, also auch in einer Fachschaft. Mein zweites Fach ist allerdings Englisch, sie unterrichtet noch katholische Religion.«

»Gab es zwischen Ihnen eine Meinungsverschiedenheit?«

»Streit trifft's eher. Ich hab's nicht so mit Kirche. Und da ist Merle empfindlich. Immer mal wieder geraten wir aneinander. Vor zwei Tagen bin ich dann kurz heftig geworden ihr gegenüber, weil ich dachte, sie hätte mich mal wieder nicht über eine Vertretung informiert. Und dann hat sie mir einen Tag später vorgeworfen, Schweineblut aus ihrem Auto entwendet zu haben. So ein Quatsch! Aber sie hat mir keine Chance gelassen, das zu klären. Das hat mich am Wochenende belastet. Ich will das Missverständnis endlich aufklären. Deshalb hab ich sie am Sonntag angerufen und nicht erreicht. Aber – weswegen fragen Sie mich das?«

»Merle Rothenbacher ist tot.« Beide schauten mich prüfend an.

Noch ehe die Tragweite dieses Satzes zu meinem Bewusstsein durchsickerte, war mir klar, dass meine Reaktion jetzt entscheidend für die Schlussfolgerungen der Polizisten sein würde. Allerdings lief diese Klarheit in einer Art Parallelbewusstsein ab. Tatsächlich fühlte ich mich, als hätte ich einen Ball in den Solarplexus bekommen. Ich bekam kaum Luft und presste schließlich wenig souverän ein »Wie?« hervor.

»Vermutlich erschlagen. Wir müssen die Obduktion abwarten. Wissen Sie, ob Frau Rothenbacher irgendwelche Schwierigkeiten persönlicher Art hatte?«

»Nein, keine Ahnung. Mann, ich kann gerade nicht sprechen.« Ich stützte mich am Regal ab, meine Knie waren nicht mehr zuverlässig. Ich sprach aus, was offensichtlich war: »Mich nimmt das richtig mit. Kann ich mich setzen?« Aber da war ich schon am Regal runtergerutscht und saß nun auf dem Boden. »Ob sie meinen Anruf noch abgehört hat?«

Ich war selbst erstaunt, wie sehr mir die Vorstellung zu schaffen machte, Merle könnte umgebracht worden sein, ehe sie meinen Versöhnungsanruf hatte hören können.

Mir rauschte es in den Ohren – trotzdem nahm ich wahr, dass einer der beiden weitersprach: »Herr Kielsen, wenn Ihnen noch irgendwas einfällt, rufen Sie uns an. Hier ist unsere Karte. Alles kann wichtig sein!«

Ich nickte schwach. Die Polizisten gingen. Eva-Maria kam herein. Wie in Zeitlupe registrierte ich, dass sie sich zu mir auf den Boden setzte. Unendlich langsam legte sie den Arm um mich. Eine Ewigkeit brauchte ich, um die Augen zu schließen. Ich hörte Frieda etwas fragen, aber ich konnte ihre Worte zu keinem sinnvollen Ganzen zusammenfügen. Sie hatte sich an der Wohnzimmertür aufgebaut und plapperte aufgeregt: »Nehmen sie dich nicht mit, Papa? Was haben sie gefragt? Ist noch wer gestorben?«

Es dauerte eine ganze Weile, bis ich mich wieder aufrichten konnte. Mir fiel ein, dass ich das letzte Kapitel noch nicht an Behringer geschickt hatte, aber ich wollte erst mal keine Zeile meines Krimis sehen.

Mechanisch aß ich zu Mittag und hörte dann Musik aus meiner Jugend. Eva-Maria kannte mich gut genug, um mich nicht zu stören.

Erst gegen Abend kam so etwas wie Erleichterung in mir auf: In meinem Krimi war die Haushälterin des Pfarrers das zweite Opfer gewesen, nicht Ann-Katherine, meine Merle-Dublette. Vielleicht war der Krimi ja noch zu retten! Gleichzeitig schämte ich mich dafür, trotz Merles Tod noch über die Zukunft meines Buches nachzudenken.

Mein Kopf-Amos zeterte prompt. Ich ignorierte ihn. Wahrscheinlich hatte das Jerobeam auch so gemacht. Und das Nordreich war trotzdem erst sehr viel später untergegangen.

20. KAPITEL (DIENSTAG)

Dienstag fand in der zweiten Schulstunde eine Trauerfeier für Merle statt. Die Rektorin und der Pfarrer aus der Gemeinde, deren Kirche die Schule manchmal nutzt, hatten das vorbereitet. Die KollegInnen von der Musik hängten sich auch rein. War erstaunlich gut insgesamt. Jedenfalls fand ich es keinen Moment peinlich oder falsch. Ziemlich viele Schülerinnen und Schüler heulten hemmungslos. Allerdings war danach an Unterricht nicht mehr zu denken. Nach der vierten Stunde war deshalb offiziell Unterrichtsschluss.

Ich radelte nach Hause und fühlte mich einigermaßen im Lot. Aber es gingen mir merkwürdige Dinge durch den Kopf. Zum Beispiel, dass Merle an ihrem Wohnort nun nicht von ihrem Pfarrer beerdigt werden konnte, weil der ja auch tot war. Und wer beerdigte eigentlich einen Priester? Der Bischof?

Dann gerieten mir Schlagzeilen vors geistige Auge: »Krimiautor als Kassandra« oder »Dieser Schriftsteller ist brandheiß« oder »Nils Kielsen und der Amos vom Schwarzwald«.

Gleichzeitig waren mir meine Träumereien peinlich vor mir selber. Ich beschloss, endlich mein jüngstes Kapitel an Behringer zu schicken.

Mein Browser funktionierte nicht. Oder das Mailprogramm. Ich habe noch nie verstanden, wie diese Dinge miteinander zusammenhängen. Ich bin echt gut im Fahrrad Reparieren und Klausuren Korrigieren, aber von elektronischen Problemen habe ich keine Ahnung. Mindestens 20 Minuten lang versuchte ich es immer wieder, klickte wahllos auf irgendwelche Einstellungsoptionen, machte vier Neustarts – aber nichts half. Entnervt speicherte ich schließlich das Kapitel auf einem USB-Stick und machte mich ans Mittagessen.

Es wurde ein ziemlich kurzes Mittagessen – ich hatte die Nudeln nicht lange genug gekocht, und vom Pesto war nur noch ein kleiner Rest übrig. Den streckte ich mit Sonnenblumenöl, was das Geschmackserlebnis nicht gerade steigerte. Die Mädchen schauten mich mit hungrigen Augen an. Ich entschied, dass die beiden einen Nachtisch verdient hätten, auch wenn ich in die Schule musste. Also schickte ich sie mit meinem USB-Stick zum Verlagshaus und gab ihnen noch Geld mit, damit sie auf dem Weg zurück bei der Konditorei vorbeigehen konnten. Henriette war schon öfter mit bei Behringer gewesen. Sie fand es jedes Mal cool, im Verlagsgebäude über die Korridore zu schlendern und wichtig auszusehen.

Die beiden machten sich auf den Weg, ich musste in die Schule, und Eva-Maria telefonierte mit einer Freundin.

Der Unterricht am Nachmittag stand zwar noch immer im Zeichen der Trauerfeier für Merle. Gleichzeitig waren die Jugendlichen in der Oberstufe offensichtlich dankbar, mithilfe des Unterrichts an was anderes denken zu können.

Meine beiden Stunden liefen gut, und als ich nach Hause fuhr, war ich zum ersten Mal in den letzten Tagen mit Überlegungen zum Einstieg in das neue Oberstufenthema beschäftigt, anstatt mit den Geschehnissen in meinem Buch beziehungsweise jenen in der Realität.

Ich fand meine drei Lieben in vergnügter Runde um einen Teller versammelt, dessen Brösel auf der Oberfläche verrieten, dass er vor Kurzem süße Stückchen präsentiert hatte.

»Oh, Papa«, erschrak Frieda, »wir haben dir gar nichts übrig gelassen!«

»Nicht schlimm, ich mach mir einfach einen Espresso. Wie war's bei Behringer?«

»Ach, der war gar nicht da«, antwortete Henriette.

Ich drehte mich im Türrahmen wieder um: »Er war nicht da? Er wollte doch unbedingt das neue Kapitel haben! Dann probier ich gleich mal, ob ich wieder ins Internet komme.«

Ich wollte in mein Arbeitszimmer gehen, aber Henriette hielt mich zurück: »Behringer war zwar nicht da, aber seine Praktikantin. Die hat die Datei gleich runtergeladen. Hier ist dein Stick.«

»Die Praktikantin? Kann die so was?« Ich war verwirrt.

Henriette und Frieda kicherten. »Papa, jeder kann mit einem USB-Stick umgehen! Sie hat uns sogar die Datei gezeigt, an die sie das Kapitel angefügt hat. Sie hat gesagt, dass der Lektor erst gegen Abend wieder ins Büro kommt.«

»Ach so.« Ich war nicht wirklich beruhigt, wusste aber auch nicht, was es noch zu sagen gäbe.

Frieda schaute auf die Uhr: »Ich muss los ins Training. Drückt mir die Daumen, dass ich eine Einzelrolle beim Rollschuh-Musical bekomme. Ich will nicht wieder bloß in der Gruppe fahren. Bis heute Abend. Tschüss!«

Henriette reagierte auf ein Vibrieren ihres Handys. Sie las eine Nachricht, wurde mal wieder rot und murmelte dann im Hinausgehen eine unverständliche Entschuldigung.

Ich machte mir endlich meinen Espresso und setzte mich neben Eva-Maria. Ich holte gerade Luft, um sie auf Henriettes Verehrer anzusprechen, als sie mich unvermittelt fragte: »Und? Wie geht es weiter in Adorf?«

Ich erzählte ihr kurz, was ich am Vormittag geschrieben hatte. Dass mich die Spur mit dem Metzger aber selbst nicht überzeugte. Ich hatte immer noch das Gefühl, dass ich die Dinge nicht weiter zuspitzen dürfe, solange der echte Fall in Lenzdorf nicht geklärt war. Mich trieb die Sorge um, dass meine niedergeschriebenen Ideen sich in Lenzdorf auf geheimnisvolle Weise als reale Ereignisse manifestierten. Aber das getraute ich mich nicht einmal, Eva-Maria zu erzählen.

Die hatte auch ganz andere Ideen: »Könntest du nicht einfach den Plot überdrehen? Also einen Psychoten ins Spiel bringen. Der Diakon zum Beispiel, der ist doch eh schon so ein auffälliger Zeitgenosse. Du könntest ihm eine Psychose unterjubeln. Oder der Tourist, den du am Anfang erwähnt hast. Dessen Vernehmung steht auch noch aus, oder?«

»Ja, und er ist schon aufs Präsidium bestellt«, erklärte ich ihr.

»Dann lass den doch durch ein Kindheitstrauma geschädigt sein. Seine Mutter könnte doch in einem katholischen Krankenhaus wegen eines Kunstfehlers verstorben sein, und die Anwälte könnten das vertuscht haben. Als er dann im Urlaub mit dem Priester spricht, bricht das alles wieder in ihm auf und er dreht völlig durch –«

»Aber ich finde Psychopathen in Krimis irgendwie abgedroschen«, würgte ich Eva-Marias Klinikfantasie ab. »Das Interessante ist doch gerade, dass Menschen wie du und ich zu Mördern werden können. Ganz ohne Kindheitstrauma. Jedenfalls will ich aus meinem Touristen keinen Verrückten machen. Und als Mörder taugt er auch nicht. Dazu gibt es schon zu viele andere eingeführte Personen. Na ja, vielleicht schreibe ich erst mal noch was zu den Kindern.«

Eva-Maria sah etwas enttäuscht aus. Sie versuchte noch einmal, ein Krankenhaus in meinem Buch unterzubringen: »Die Kinder könnten sich doch im Krankenhaus dem Seelsorger dort anvertraut haben. Und der ist dann in einer Zwickmühle, weil er ja das Beichtgeheimnis nicht verletzen darf. Dann könnte deine Kommissarin sich an den Seelsorger ranschmeißen und ihn dazu bringen, dass er das Geheimnis der Kinder verrät und …«

»Stopp«, lachte ich, »ich schreibe einen Krimi, keinen Arztroman!«

Meine Frau zog die Nase kraus und murmelte gespielt beleidigt: »Da gibt man sich solche Mühe …« Dann stand sie auf, küsste mich und schickte mich an meinen PC. Ich gehorchte. Wie meistens.

Amrei Klume traf Meinte im Büro: »Interessante Neuigkeiten, Kollege!«, rief sie schon in der Tür.

Meinte schaute von seinem Laptop auf und sah sie an: »Von den Ministranten?«, fragte er.

Seine Kollegin nickte und schwang ein Bein über den Tisch. »Ich hab's aufgenommen, hören Sie sich's mal an.« Sie stellte ihr iPad auf volle Lautstärke und ließ ihre Aufzeichnung laufen. Man hörte erst ein knackendes Geräusch, dann kam Klumes Stimme:

»Jetzt habe ich das Gerät angeschaltet, dann muss ich nichts aufschreiben. Okay?«

Da keine Bejahung kam, aber eine kleine Pause entstand, war zu vermuten, dass die Kinder genickt hatten.

»Ich bitte euch, in Gedanken in die Zeit vor dem schrecklichen Unfall zurückzugehen. Wie lange ministriert ihr schon und was macht euch besonders Spaß daran?«

»Ich bin seit meiner Erstkommunion dabei«, antwortete eine Mädchenstimme. »Ich bin gerne in der Kirche. Ist alles so heilig da. Wenn ich erwachsen bin, werde ich Pfarrerin!«

Eine Jungenstimme: »He, geht doch gar nicht. Als Mädchen kannst du nicht Priesterin werden! Du spinnst ja.«

»Kann ich wohl. Dann geh ich eben zu den Altkatholiken. Berta sagt immer, dass ich eine prima Pfarrerin wäre.«

»Berta, die hat doch keine Ahnung. Die bügelt die Wäsche vom Hans und liest Groschenromane.«

»Gar nicht wahr! Berta weiß alles über fromme Frauen. Der Pfarrer fragt sie sogar manchmal was.«

Die Stimme des Jungen wurde lauter: »Ja, was es zum Mittagessen gibt, vielleicht.«

Jetzt hörte man Klumes Stimme: »Ist ja gut. Nicht streiten. Johannes, wie lange bist du schon Ministrant?«

»Mindestens vier Jahre. Und fragen Sie mich nicht, warum. Das weiß ich nicht so genau. Ist halt so.«

»Okay, danke. Hast du dich gut mit Pfarrer Stolze verstanden? Du hast ihn vorhin beim Vornamen genannt. Hast du ihn geduzt?«

»Nee, nur wenn wir untereinander über ihn reden, dann sagen wir Hans. Geredet haben.«

»Hast du ihn gemocht?«

»Nicht wirklich. War eher eine Respektsperson.«

»Johannes ist nur Ministrant, weil die Mädchen in seiner Klasse das cool finden.«

»Halt die Klappe! Du hast doch keine Ahnung. Du Mädchen!«

»Und du, Lena, wie hast du dich mit Pfarrer Stolze verstanden?«

»Och, normal. Ich war auch ab und zu bei ihm zu Hause. Na ja, eher bei Berta. Aber die wohnen ja zusammen. Haben gewohnt.«

»Mit Berta verstehst du dich gut, nicht?«

»Klar.«

»Kannst du mir sagen, wie nah sich Berta und Pfarrer Stolze waren? Waren sie wie ein Ehepaar oder war es eher eine WG?«

Die Jungenstimme mischte sich ein: »Ehepaar? Dass ich nicht lache. Der Stolze schläft doch nicht mit seiner Putze.«

»Sei doch mal still, Johannes! Du hast keine Ahnung. Nein, Frau Kommissarin, die beiden waren kein Paar. Aber auch was anderes als eine WG. So was wie eine Kommunität in Mini. Eine Komminität, vielleicht.«

»Wie meinst du das?«

»Na ja, ich war manchmal abends zum Essen da. Und danach haben die beiden noch die Komplet gesungen, ich durfte auch mitsingen. Berta hat erzählt, dass sie morgens immer die Laudes singen und vor dem Mittagessen die Sext. Berta hat auch für den Pfarrer viel gelesen und geschrieben. Sie war für ihn manchmal in der Stadt und hat Bücher aus der UB mitgebracht. Sie hat aber alle auch selbst gelesen. Und Hans Stolze hat theologische Gespräche mit ihr geführt. Das weiß ich, weil ich viel mitgekriegt hab.«

»Danke, Lena. Deine Antwort hilft uns sehr. Johannes, wie haben sich eigentlich der Diakon und der Pfarrer verstanden? Hast du das mitbekommen?«

»Der Schultes, der lässt sich nicht in die Karten schauen. Ich habe den Eindruck, dass er Stolze immer ein wenig belächelt hat. Und er hat ja auch echt einen eigenen Stil, der Schultes. Nicht so spießig wie Stolze. Beneidet hat er ihn trotzdem.«

»Beneidet? Wie meinst du das?«

»Ist doch klar, als Pfarrer wird man überall hofiert und geliebt. Als Diakon steht man eben in der zweiten Reihe. Ich glaube, der Schultes kann's nicht erwarten, bis er endlich die Priesterweihe bekommt.«

»Er sieht sehr gut aus. Meinst du nicht, dass er lieber heiraten würde?«

Das »Nein« kam so schnell und heftig, dass es danach eine Weile still war.

»Du meinst«, war dann Klumes Stimme zu hören, »der Diakon macht sich nichts aus Frauen?«

»Warum sollte er auch? Aber ich finde, dass wir jetzt genügend ausgequetscht wurden. Ich will jetzt zum Essen.«

Man hörte eine Tür klappen, dann gab es wieder das knacksende Geräusch.

Klume schaute ihren Kollegen an: »Und? Ist doch erstaunlich, nicht? Die Bruns eine verkappte feministische Theologin, der Diakon schwul und das erste Opfer selbst ein Stundengebetler.«

Meinte grinste. Dann wurde er wieder ernst: »Nur hilft uns das auch nicht wirklich weiter, oder? Aber ich hab auch was Neues! Den Bericht von Grüning über Berta Bruns Tod. Kam vorhin an.«

Er brauchte eine Weile, bis er das Dokument im Handy geöffnet hatte, dann fasste er für seine Kollegin den Inhalt des Berichts zusammen: »Berta Bruns muss zwischen Mitternacht und 2 Uhr morgens gestorben sein. Ursache war ein Stich, vermutlich ein scharfes Messer, direkt ins Herz. Sonst hat er keine Spuren eines Kampfes oder sonstiger Gewalteinwirkung gefunden. Sie war nicht sofort tot, aber vermutlich bewusstlos und ist dann verblutet. Merkwürdig ist der Winkel des Einstichs. Grüning sagt, es sähe aus, als ob jemand versucht hätte, ihren Tod wie eine Selbsttötung aussehen zu lassen. Was natürlich ganz schön bescheuert ist, wenn man dann anschließend alles so drapiert, wie wir die Leiche gefunden haben …«

»Hm«, Amrei Klume dachte nach. »Vielleicht sollte es zuerst wie eine Selbsttötung aussehen. Und dann hat der Täter plötzlich eine bessere Idee bekommen. Wenn man hier das Wort ›besser‹ überhaupt verwenden kann.«

»Jedenfalls muss sie ihren Mörder gekannt haben. Offensichtlich hat er ganz plötzlich zugestochen, ohne Vorwarnung.«

»Oder ihre Mörderin«, ergänzte Klume, ohne zu lächeln.

Jemand klopfte an die Tür. Der junge Kollege aus dem Büro nebenan kam herein und erinnerte daran, dass der Tourist bereits im Vernehmungsraum saß. Er übergab eine graue Mappe an Klume. Die Daten.

Wahnsinn, dachte Klume, dass wir das immer noch alles auf Papier dokumentieren. Und sogar handgeschrieben! Dann las sie Meinte im Gehen vor, was dort in Blockbuchstaben geschrieben stand:

»Thomas Lahn, 34, unverheiratet, wohnhaft in Kaiserslautern. Selbstständiger Grafikdesigner. Ach so, ja: Er ist katholisch.«

»Hm«, brummte Meinte, »aus den Buchstaben seines Vornamens lässt sich locker ›Amos‹ machen. Dann hätte man sogar noch ›th‹ übrig. Für Theologie?«

»Ha, ha«, konterte Klume, »das steckt auch in seinem Namen, wenn man Vor- und Zuname beachtet.«

Inzwischen waren sie am Vernehmungsraum angelangt. Klume öffnete die Tür, sie betraten den Raum. Ein junger Mann mit rötlichbraunen Locken saß gelangweilt an dem kleinen Tisch. Jetzt schaute er auf, und Meinte sah sofort, dass er geweint haben musste.

Betont freundlich fragte er ihn nach dem Grund für den Aufenthalt in Adorf. Der Pfälzer erzählte von einem spontanen Kurzurlaub, nachdem ein Auftrag geplatzt war. »Ich war, nein, ich bin sowieso ständig überarbeitet. Ich mache fast alle Aufträge ganz alleine. Ich brauche dringend Urlaub.«

»Warum gerade der Schwarzwald? Von Kaiserslautern wären die Vogesen doch näherliegend?« Meinte war ehrlich interessiert.

»Ich wollte einfach Berge und Wald. Und im Internet gab es dieses Kompaktangebot der Adorfer Pension. Ich habe nicht lange überlegt.« Er lehnte sich im Stuhl zurück und legte seine Hände auf sein Gesicht. Darunter sprach er weiter. »Jetzt bin ich erst recht nicht erholt. Ich glaube, ich bräuchte jetzt noch mal drei Wochen Urlaub. Ich seh immer wieder dieses Bild vor mir. Wie das Kreuz auf den Priester fällt …«

»Haben Sie gesehen, ob der Diakon auch in der Nähe stand?«, fragte Meinte.

»Nein, der Priester war allein am Tabernakel. Ich habe mich noch gewundert, warum er schon zu diesem Zeitpunkt der Messe die Gaben zurückstellt. Der Diakon schien auch überrascht zu sein. Er sah kurz so aus, als wolle er seinen Priester daran hindern, hat aber nichts gemacht.« Bei den letzten Worten war er leiser geworden. Schließlich schaute Thomas Lahn stumm auf den Boden.

»Warum sind Sie nach dem Vorfall so schnell verschwunden?«, fragte Meinte ziemlich unvermittelt.

Lahn schaute überrascht auf: »Bin ich das? Ich kann mich an das Danach gar nicht so gut erinnern. Irgendwann war ich wieder in meiner Pension und wusste nichts mit mir anzufangen. Ich habe mich direkt wieder ins Bett gelegt und bis mittags geschlafen. Dann bin ich gewandert, zum Abendessen war ich wieder zurück. Ich habe das Erlebnis erst mal richtig verdrängt. Gestern habe ich mit Freunden telefoniert und zum ersten Mal darüber gesprochen. Das ist wohl besser. Morgen werde ich abreisen. Oder geht das nicht?«

Meinte schaute seine Kollegin an. Sie deutete ein Lächeln an und sagte dann: »Danke für Ihre Aussage, Herr Lahn. Ich denke, Sie können abreisen. Wir haben ja Ihre Kontaktdaten, falls noch eine Frage auftauchen sollte.«

Die Erleichterung war dem Grafikdesigner anzusehen. Er schob seinen Stuhl zurück und stand auf. Klume begleitete ihn zur Tür.

Ich war nur teilweise zufrieden mit dieser neuen Entwicklung. Sie half mir genauso wenig weiter wie meinem Ermittlungsduo. Es ergab sich einfach keine knallige Wende daraus. Außerdem musste ich langsam mal die Sache mit der sozialen Ungerechtigkeit deutlicher platzieren; Behringer hatte das zu Recht eingefordert. Meine Handlung bewegte sich nach wie vor in einem fiktiven sexualmoralischen Sumpf. Trotzdem schickte ich das Kapitel an Behringer. Und dann zog ich die Laufschuhe an und ging joggen.

Hoffentlich erzählte Henriette ihrem Verehrer, dass ihr Vater echt sportlich war.

21. KAPITEL (MITTWOCHVORMITTAG)

Eberhard Reuter saß bewegungslos in seinem Amtssessel.

Kommissar Walter stand ebenso reglos vor ihm.

Noch hatte er keine einzige Frage gestellt. Sie warteten beide auf Reuters Anwalt. Endlich hörte Reuter das satte Geräusch eines Audi-100-Getriebes, das sehr schnell gedrosselt wird. Kurze Zeit später klingelte es. Reuter bewegte den rechten Arm zu dem Türöffner auf seinem Schreibtisch. »Ertel, Anwalt«, stellte sich einen Moment später ein Mittvierziger mit Geheimratsecken und locker über die Schulter geworfenem Jackett vor. »Was wird meinem Mandanten vorgeworfen?«

Walter sah Reuter unwirsch an: »Haben Sie Ihren Anwalt noch nicht in Kenntnis gesetzt?«

Statt Reuter antwortete der Anwalt: »Die Fakten sind mir bekannt. Eine Frau wurde tot aufgefunden, die zu meinem Mandanten in einem besonderen Verhältnis stand. Auf dem Anrufbeantworter der Frau war die Stimme von Herrn Reuter zu hören, der seine Vertraute um einen Rückruf bat. Was ist daran verwerflich?«

»Herr Reuter«, Walter schaute den Anwalt nicht an, »haben Sie Ihrem Anwalt auch erzählt, dass Sie auf dem AB Merle um Verzeihung baten, weil – so Ihr Wortlaut – Sie sie abgewimmelt hatten mit den Unterlagen, die sie bei Ihnen gefunden hatte?«

Reuter sah aus den Augenwinkeln, dass Ertels linker Nasenflügel zuckte. Offensichtlich ein nervöser Tick. Er schaute aber Walter in die Augen, als er antwortete: »Ich sage nichts. Ich habe das Recht, zu diesen haltlosen Anschuldigungen zu schweigen.«

Ertel wandte sich jetzt direkt an seinen Mandanten: »Eberhard, ich glaube, wir sollten kurz die Fakten klären. Sonst kann ich dir nicht helfen. Ich muss wissen, was genau du auf den Anrufbeantworter gesprochen hast.«

Walters Handy klingelte. Verärgert schaute er aufs Display. Dann nahm er den Anruf an.

»Welcher Schriftsteller? – Ach so, der auf dem AB war – Was habt ihr? – Welche Homepage? – Ach so, vom Verlag – Wie heißt der? – In Freiburg? – Gut, ich komme.«

Als er sein Handy wieder in die Manteltasche gesteckt hatte, schaute er abwechselnd Reuter und Ertel an: »Sie haben jetzt die Möglichkeit, sich ungestört zu besprechen. In einer Stunde erwarte ich Sie auf dem Präsidium.«

»Mit welchem Recht?«, fragte Ertel.

»Herr Reuter ist verdächtig, Merle Rothenbacher ermordet zu haben. Seine Fingerabdrücke wurden an allen Objekten festgestellt, die am Tatort durchsucht

wurden. Geben Sie Ihre Kontaktdaten an unser Büro durch. Dann schicken wir Ihnen den Beschluss der Staatsanwaltschaft. In einer Stunde sind Sie auf dem Präsidium! Sie haften für Ihren Mandanten.« Walter polterte aus dem Bürgermeisterbüro.

Ertel schaute seinen Mandanten fragend an und setzte sich in einen der lederbespannten Besucherstühle.

In dem Moment, als sie die Bürotür zuklappen hörten, kam Leben in Reuter. »Ich muss das sofort nachprüfen«, sagte er und schaltete seinen PC an. »Kielsen heißt er. Das habe ich mir gemerkt. Der Polizist hat den Namen gesagt, als sie Merle gefunden haben. Und jetzt also noch Verlag in Freiburg, das finde ich.« Aufgeregt tippte Reuter in die Tastatur.

Ertel räusperte sich: »Eberhard, was geht hier vor?«

»Gleich, gleich – ich hab's gleich. Warte … Ha! Hier steht's!« Triumphierend drehte sich Reuter zu Ertel um. »Schau dir das an!«

Ertel stand auf und schaute auf den Bildschirm. In einem Teilfenster der ansonsten solide aufgemachten Verlagshomepage prangten reißerisch schwarze Lettern, die in ihrem unteren Teil rot ausbluteten: »Amos ist zurück: Der Zorn Gottes färbt den Schwarzwald rot. Blutrot!« Und darunter war in immer noch großer Schrift zu lesen: »Der Autor Nils Kielsen ruft den biblischen Amos auf den Plan. Doch dieses Mal bleibt es nicht bei Warnungen, die Realität gibt den Plot vor: Ein Kruzifix tötet einen Priester, Blut sprengt den Altar, und eine Frau stirbt einen grausamen Tod. Doch Kiel-

sens protestantisches Ermittlerpaar macht sich daran, die dunklen Machenschaften zwischen Kirche und Politik aufzudecken … Ein grandios-schwarzes Vergnügen für alle Schwarzwaldfans und solche, die es werden wollen. Ab Herbst in unserem Verlag!«

»Eberhard?« Ertel konnte sich keinen Reim auf diese Vorankündigung machen. »Was soll das? Was hat das mit deinen Schwierigkeiten zu tun? Rede endlich mit mir!«

Reuter schwang seinen Sessel in die Blickrichtung seines Anwalts; er konnte ein Lächeln nicht unterdrücken: »Alles halb so schlimm. Die Merle ist umgebracht worden. Und weil meine Fingerabdrücke überall in ihrer Wohnung sind, denkt die Polizei, dass ich es war. Aber ich war oft bei ihr. Kein Wunder, dass da überall Spuren von mir sind. Wenn sie wirklich ermordet wurde, dann muss es dieser Autor gewesen sein!« Reuters Augen glänzten unnatürlich, seine Haut war fahl.

Ertel fragte vorsichtig zurück: »Was meinte der Kommissar damit, als er von Unterlagen sprach, die Merle bei dir gefunden habe?«

Reuter winkte ab: »Ach, das war nicht wichtig. Es ging um … Autos. Ja, um mein Auto. Darum ging es. Ich wollte mir vor der üblichen Zeit einen neuen Dienstwagen zulegen und habe mehrere Angebote eingeholt. Sie fand das unmöglich und hat mir die Angebote weggenommen. Aber ich kann sie mir auch so wieder besorgen. Deswegen bringe ich doch niemanden um.«

Reuter entging nicht, dass Ertels Nasenflügel häufiger als sonst zuckte. Doch dann nahm der Anwalt ein Tablet aus seiner Aktentasche und begann, ein Schriftstück aufzusetzen. Immer wieder hielt er inne, um mit Reuter etwas zu besprechen. Schließlich ging er. Sie verabredeten, beide unabhängig voneinander zum Präsidium zu fahren.

Als Ertel weg war, blieb Reuter für ein paar Minuten noch an seinem Schreibtisch sitzen. Reglos. Es war ihm, als sei ihm etwas Wichtiges verloren gegangen. Aber er konnte sich beim besten Willen nicht erinnern, was das sein könnte.

22. KAPITEL (MITTWOCHVORMITTAG)

»When shall we three meet again? In thunder, lightning or in rain?« Sara las mit Nicole und Tessa das Hexengespräch aus Macbeth vor.

Ich liebe diese Stelle. Shakespeare ist einfach der Größte. Doch statt eines Donnergrollens, das an dieser Stelle echt passend wäre, pochte es dreimal kräftig und kurztaktig an der Klassenzimmertür. Wir erschraken alle und starrten wie gebannt zur Tür.

Herein kam unser Rektor mit zwei Polizisten. Er zuckte hilflos mit den Schultern und zeigte auf die Beamten.

»Nils Kielsen?«, fragte der Kleinere.

»Ja. Was ist los?«, antwortete ich.

»Mitkommen«, sagte jetzt der andere und ging auf mich zu. Kein Wort zu viel.

»Ich komm ja schon«, sagte ich und ging dem Beamten entgegen, um zu vermeiden, vor der Klasse regelrecht abgeführt zu werden.

Die beiden zwängten mich vor der Schule in ein Polizeiauto und fuhren zum Präsidium. Dort wurde ich ohne weitere Befragung in einen Raum geführt, der offensichtlich für Vernehmungen eingerichtet war. Sogar so eine verspiegelte Wand gab es, hinter der im »Tatort« dann immer die Co-Ermittler stehen und das Verhör interpretieren.

Mir wurde ein Stuhl zugewiesen, und dann war ich plötzlich allein. Niemand hatte sich die Mühe gemacht, mir zu erklären, warum ich da war.

Seltsamerweise hatte ich keine Angst. Ob vielleicht auch noch die Haushälterin tot aufgefunden worden war? Das wäre dann wohl das Ende meines Krimis.

Ehe ich mir weitere Gedanken machen konnte, ging die Tür wieder auf und ein massiger Mann mit hochgeschlagenem Mantelkragen kam herein.

»Walter«, stellte er sich vor und setzte sich mir gegenüber. Ich sagte nichts. Mein Name war ihm wohl bekannt. Außerdem fand ich, dass er mir eine Erklärung schuldig war. Er schaute mich aufmerksam an.

»Kaffee?«, fragte er nach einer Weile.

Ich nickte und fügte hinzu: »Ohne Zucker, mit Milch.«

Walter drückte auf einen Knopf in einer Sprechanlage und bestellte zwei Kaffee. Sonst sagte er immer noch nichts. Wir starrten uns an.

Die Tür ging wieder auf und ein junger Typ im karierten Hemd brachte zwei Becher Automaten-Kaffee mit Milch und Zucker extra. Ich nahm mir, was ich brauchte, und beschloss, nicht als Erster das Schweigen zu brechen.

Den Kommissar schien mein Schweigen nicht zu stören. Er hatte einen mehrseitigen Ausdruck mitgebracht und schaute jetzt die Papiere durch.

Ich konnte von meinem Platz aus das Logo meines Verlags erkennen. Das machte mich neugierig, und schließlich brach ich mein Schweigen: »Das ist mein Verlag. Warum interessiert Sie das?«

Wortlos schob er mir die Seiten hin. Das erste Blatt zeigte die Startseite des Verlags. In einem blutroten Kasten rechts unten stand: »Tote Priester, explodierende Altäre – der neue Krimi von Nils Kielsen.« Daneben war ein »Weiter«-Button. Alarmiert schaute ich die zweite Seite an. Mein Name sprang mir unter einer riesigen Überschrift entgegen, aus deren Buchstaben Blut tropfte. Angewidert legte ich den Ausdruck zurück.

»Was soll das? Das ist nicht von mir. Und der Verlag würde so was auch nicht machen. Das ist doch manipuliert.«

Walter schaute mich gespannt an: »Warum sollte jemand die Verlagsseite manipulieren?«

»Wollen Sie mir sagen, dass das genauso auf der Verlagshomepage zu lesen ist?« Meine Stimme war kurz davor, sich zu überschlagen. Plötzlich hatte ich Herzklopfen.

»Hier ist mein Laptop«, sagte Walter und holte ein MacBook Air aus seiner Aktentasche. »Ich fahr ihn hoch, dann können Sie selbst den Weiter-Button drücken.«

Ich fühlte mich wie nach einem Schlag in die

Magengrube. Ich konnte nicht denken. Während der Laptop hochfuhr und der Kommissar die Homepage meines Verlags aufrief, wärmte ich mir die kalten Finger am Kaffee.

Er drehte mir den Bildschirm hin, und ich las die weiteren Angaben zu meinem Krimi: »… doch dieses Mal gibt die Realität den Plot vor.«

Irritiert fragte ich Walter: »Wieso schreiben die das? Ich habe mich bemüht, die Handlung so umzuschreiben, dass sie nicht zu sehr an die derzeitigen Vorfälle in Lenzdorf erinnern. Ich habe ja auch noch gar keine Zusage vom Verlag für die Drucklegung. Behringer wollte erst versuchen, ob er mich in die Sonderedition reinbekommt. Aber da steht das Ergebnis noch aus.«

»Wer ist Behringer?«

»Mein Lektor – genau, rufen Sie Behringer an, der muss das ja gewesen sein! Vielleicht hat das mit der Sonderedition zu tun. Ich weiß seine Nummer auswendig –«

»Nicht so schnell! Ich brauche von Ihnen erst mal ein paar Antworten: Wie sehr sind Sie auf die Bucherlöse Ihrer Krimis angewiesen?«

»Angewiesen? Wieso? Gar nicht. Ich schreibe einfach so. Um mich zu erholen. Oder um etwas zu haben, wovon ich mich erholen kann. Ich bin eigentlich Lehrer. Für Englisch und Biologie. Beim Schreiben erhole ich mich vom Unterrichten. Beim Joggen erhole ich mich dann vom Schreiben. Bei meiner Familie erhole ich mich vom Joggen. Und beim Unterrichten erhole ich mich von meiner Familie.«

Walter schaute mich mit einem unsichtbaren Kopfschütteln an, dann dachte er laut nach: »Ein Autor, der eigentlich Lehrer ist, der nur so zwischen Joggen und Familientrubel Krimis schreibt, deren Handlung dann einfach in die Realität abdriftet –«, dann schaute er mich streng an: »Sie wollen mir doch wohl nicht im Ernst weismachen, dass diese Vorgänge reiner Zufall sind?«

Er wartete nicht auf eine Antwort, sondern rückte seinen Stuhl näher an den Tisch zwischen uns heran und sagte: »Wir haben längst Ihren Lektor kontaktiert. Ich habe Ihre Geschichte gelesen. Die Übereinstimmungen sind eklatant!« Bei der letzten Silbe schlug er mit der Hand auf den Tisch und stand auf.

Der Knall weckte mich aus meiner Erstarrung, ich stand ebenfalls auf. Plötzlich funktionierte mein Gehirn wieder: »Und warum verdächtigen Sie dann mich und nicht Behringer? Der hat noch ein viel größeres Interesse daran als ich, dass seine Lektoratsprojekte erfolgreich sind, dann steigt er nämlich in die Belletristik auf. Und da werde ich als Krimiautor bestimmt nicht landen, selbst wenn ich sämtliche Verbrechen im Land vorherschreiben sollte. Kassandras gehören auch heutzutage zu den Erfolglosen!«

Walter setzte sich wieder und atmete einmal tief durch. Wahrscheinlich hatte er das in einer Psychologiefortbildung gelernt.

Ich setzte mich auch wieder. Jetzt hatte ich Lust zu streiten.

Walter sagte in einem für seine massige Statur viel zu sanften Tonfall: »Sie kannten Merle Rothenbacher, im Gegensatz zu Herrn Behringer. Und Sie hatten Streit mit ihr.«

»Ja, aber nicht mit dem Pfarrer. Und der ist als Erster gestorben!« Ich versuchte mich an einem Blick, den ich in meinen Krimis gerne »funkelnd« nenne. Gleichzeitig war mir klar, dass ich ohne Spiegel keine Chance hatte, zu überprüfen, ob dieser Blick tatsächlich funkelte.

Walter jedenfalls blieb unbeeindruckt. Seine Stimmlage wurde wieder lauter. »Das reicht nicht! Außerdem beschreiben Sie in Ihrem Manuskript eine Verbindung mit dem Alter Ego von Rothenbacher und dem Diakon!«

»Ja, und?« Ich war wirklich gespannt, was das nun mit der Realität zu tun haben sollte.

»Nichts, und. Woher wussten Sie davon?«

Damit hatte ich also auch ins Schwarze getroffen? Ich war mir selbst unheimlich. Ich sagte eine Weile nichts.

Der Kaffee war nur noch lau. Außerdem schmeckte er nicht. Walter hatte seinen trotzdem ausgetrunken.

Ich dachte fieberhaft nach. Tatsächlich war es mehr als unwahrscheinlich, dass Behringer mit den Verbrechen in Lenzdorf etwas zu tun hatte. Ob jemand in der Schule mein Skript gelesen hatte? Aber ich zog alles, was ich dort schrieb, immer gleich auf den Stick und löschte anschließend die Datei. Da müsste man schon die Backup-Dateien durchsuchen, um meine Texte zu finden. Oder jemand müsste meinen Stick klauen und kopieren – das war's: der Stick!

Ich hatte eine neue Idee: »Herr Walter, es gibt da noch jemanden im Verlag, der offensichtlich mein Skript kennt. Behringer hat eine Praktikantin, sie hat mitlektoriert. Ich weiß allerdings ihren Namen nicht.«

»Eine Praktikantin? Davon hat Behringer nichts gesagt. Warten Sie einen Moment. Bin gleich wieder da.«

Er ging hinaus, und ich konnte hören, wie er sich mit mehreren Leuten vor der Tür besprach.

Er kam mit einem Beamten wieder herein. Der Polizist ging auf mich zu, machte mir ein Zeichen aufzustehen und legte mir eine Handschelle an, die er mit sich selbst verband.

Abgefahren, dachte ich, wie ein Verbrecher! Und schon wieder kein einziges erklärendes Wort. Die sollten hier mal Kommunikationsworkshops anbieten.

Aber da erklärte Walter kurz: »Wir fahren nochmals zum Verlag, und Sie kommen mit. Eventuell lässt sich der Fall vor Ort klären.«

Mir war nicht klar, was er mit dem Begriff »Fall« tatsächlich meinte – die Sache mit der Praktikantin, die Mordfälle oder den Schlamassel, in dem ich mich selber gerade befand. Allerdings hoffte ich inständig, dass sich tatsächlich bald etwas klärte. Meine Neugier auf eine mehrtägige Untersuchungshaft hielt sich in Grenzen, auch wenn es vielleicht helfen würde, zukünftigen Krimis realitätsnähere Konturen zu geben. Trotzdem – für den Moment wäre es mir lieber gewesen, sehr viel weniger realitätsnah geschrieben zu haben. Ja, ich dachte mit Sehnsucht an meine Englischklasse, die ich so abrupt verlassen hatte. Mitten in der Hexen-Szene!

Es war mir peinlich, hinten im Polizeiauto zu sitzen. Und noch peinlicher war es, mit Handschellen über den großzügig angelegten Hof des Verlags zu gehen. Die Eingangstreppe eng aneinandergedrängt mit einem Polizisten hinaufzusteigen und in den Fluren des Gebäudes auf Leute zu stoßen, die uns verwundert nachschauten.

Als wir – ohne zu klopfen – in Behringers Büro kamen, bot sich uns eine Szene wie aus einem Film: Der Verlagschef in Person – ein groß gewachsener Mann mit dünnem hellem Haar und imposanter Stirn – stand in zwei Meter Abstand vor einem Bürostuhl, auf dem sich eine junge Frau zusammenkrümmte. Neben ihr, doch ohne den Stuhl zu berühren, stand Behringer, der wie ein Automat den Kopf schüttelte.

Die junge Frau schluchzte in ihre Hände hinein.

Vom Chef hörten wir noch die Donnerworte: »… und wir werden dafür sorgen, dass Ihr Name bei sämtlichen Verlagen in Deutschland geächtet ist!«

Er drehte sich kurz zu uns um und fügte prompt hinzu: »Da kommt auch schon die Polizei. Würde mich nicht wundern, wenn die Sie gleich mitnimmt.« Und zu uns gewandt: »Meine Herren, ich schäme mich für die Ungeheuerlichkeit unseres Internetauftritts. Ich habe soeben die Konsequenzen gezogen. Die Praktikantin Reuter hat unser Haus sofort zu verlassen. Falls Sie mich sonst noch brauchen: Sie finden mich in meinem Büro.«

Er nickte dem Kommissar staatsmännisch zu und ging sehr aufrecht hinaus.

Die Praktikantin hatte sich schon wieder beruhigt, sie nahm die Hände vom wimperntuscheverschmierten Gesicht, richtete sich auf und sagte leise zu Behringer: »Es tut mir leid, Herr Behringer. Ich wollte Ihnen keine Unannehmlichkeiten bereiten. Sie haben mir so viel beigebracht! Sie müssen enttäuscht von mir sein. Kann ich mich trotzdem noch von den anderen in der Abteilung verabschieden?«

Behringer unterbrach sein Kopfschütteln für einen Moment, schaute sie konsterniert an und nickte abwesend.

Walter schaltete sich ein: »Halt, wir kommen mit!«

Die junge Frau schaute verwundert zu ihm hin, zuckte dann mit den Achseln und stand auf. Sie hatte überraschend schnell ihre Fassung wiedergefunden. Im Aufstehen zog sie einen Taschenspiegel aus ihrer Jacke, die über einem Stuhl hing, und klappte ihn auf. Mit Daumen und Zeigefinger der linken Hand wischte sie sich die Wimperntusche unter den Augen weg. Dann klappte sie den Spiegel wieder zu und sagte: »Hier lang.«

Ohne sich umzuschauen, wer ihr folgen würde, ging sie durch eine Verbindungstür in das benachbarte Büro. Walter blieb in der Tür stehen, offensichtlich wollte er auch Behringer nicht aus den Augen lassen. Kurz entschlossen gab er dem Polizeibeamten – und damit auch mir – einen kleinen Schubs, damit wir der jungen Frau direkt folgten.

Die Praktikantin plauderte bereits eine Tür weiter mit einem gut aussehenden Mitarbeiter in meinem Alter und einer weiteren, sehr jungen Frau. Ich hörte, wie sie sagte: »… deshalb muss ich das Praktikum leider früher abbrechen.«

Als die beiden dies lautstark bedauerten, fasste sie sich kurz an den Kopf, als ob ihr just in diesem Moment noch etwas eingefallen war. Sie legte ihren Arm auf den Bürostuhl der jungen Frau und sagte: »Du, Katja, kann ich mal kurz bei dir in die Mailbox? Meine Mailadresse im Verlag wird bestimmt demnächst gelöscht. Aber ich muss doch noch alles, was ich bearbeitet habe, an Behringer weiterleiten. Ob du mir solange einen letzten Espresso machen kannst? Ihr habt die beste Maschine im ganzen Haus!«

Sie saß bereits am Computer der Kollegin, als die ihr antwortete: »Natürlich kannst du meinen PC benutzen. Ich mach dir gerne in der Zwischenzeit noch einen Espresso!«

Die Frau, die sie Katja genannt hatte, kam gerade wieder mit einer dampfenden Espressotasse und einem Zuckerstreuer herein, als sich die Praktikantin im Bürostuhl vom Bildschirm wegdrehte. Sie lächelte Katja und den männlichen Kollegen tapfer an: »So, jetzt habe ich also mein Dasein in diesem Verlag endgültig bereinigt und beseitigt! Danke für den Espresso, aber«, sie schaute sich kurz zu Walter um, der nervös im Türdurchgang stand, »ich glaube, da interessiert sich noch jemand für mich. Alles Gute euch und denkt daran: Niemals unbefugt Reißertitel auf die Homepage stellen …«

Bedauernd warf ich einen letzten Blick auf den dampfenden Espresso – ich hätte ihn sehr gerne probiert. Aber den würde diese Katja nun wohl selbst trinken. Mir wurde nicht klar, weshalb mich Walter zu dieser Aktion mitgenommen hatte. Ich war zwar ein wenig stolz darauf, dass ich mit meinem Verdacht richtiggelegen und tatsächlich die Praktikantin den Homepage-Skandal verursacht hatte. Aber auf meine Anwesenheit bei ihrer Festnahme hätte ich lieber verzichtet. Zumal wir das Verlagshaus in noch skurrilerem Aufzug verließen, als wir hereingekommen waren: Ich per Handschelle an den Polizisten in Uniform geheftet, die junge Frau per Handschelle an den bulligen Kommissar geheftet.

Im Auto wurden wir auf der Sitzbank hinten jeweils an den Handgriff an der Tür gekettet. Niemand sprach ein Wort auf der Fahrt. Ich begann, mich an das Dauerschweigen zu gewöhnen.

Auf dem Präsidium setzte man mich in eine Art Warteraum und sagte mir, ich müsse mich noch ein wenig gedulden.

Warum und wozu erfuhr ich nicht, aber immerhin hatten sie mir die Handschellen abgenommen, und eine Bewachung konnte ich auch nicht entdecken. Aber die Tür war abgeschlossen. Ich nahm mein Handy aus der Jackentasche und rief zu Hause an. Eva-Maria nahm ab und hörte sich aufmerksam an, was passiert war. Sie war nicht besonders beunruhigt, sondern versuchte, mich davon zu überzeugen, dass sich schon alles aufklären werde.

Als ich aufgelegt hatte, brachte mir irgendjemand ein belegtes Brötchen auf einem Plastikteller vorbei.

»Siehst du, Amos«, flüsterte ich, »so was würde es bei mir zu Hause niemals geben! Plastikteller – um nicht zu sagen Wegwerfteller. Du könntest mich ruhig auch mal loben. Oder wenigstens deinen Zorn gerechter verteilen. Ich bin doch einer von den Guten.«

Amos sagte nichts. Vielleicht tobte er ja tatsächlich gerade in der Polizei-Kantine. Hoffentlich brachte er denen dann auch bei, was guter Kaffee war.

Ich richtete mich darauf ein, noch eine ganze Zeit in diesem Raum zu verbringen, und ärgerte mich, dass es kein WLAN gab. Aber zu meiner Überraschung wurde ich schon nach nicht einmal einer Stunde in ein Zimmer geholt, in dem Walter gerade die Praktikantin verhörte. Sie saß auf einem Drehstuhl und wickelte auffallend gelangweilt einzelne Haarsträhnen um Zeige- und Mittelfinger.

»Frau Reuter hat gestanden, dass Ihr Skript sie dazu veranlasst hat, ihrem Vater zwei anonyme Briefe mit Amos-Zitaten zu schreiben, um ihm Angst einzujagen«, eröffnete mir Walter.

»Aha«, sagte ich, »und wer ist dieser Vater?«

»Eberhard Reuter, Bürgermeister von Lenzdorf!« Walter sprach Name und Funktion aus, als würde er eine große Sensation verkünden.

»Müsste ich den kennen?« Mir fiel nichts zu diesem Namen ein.

»Ach ja«, merkte der Kommissar an, »der fehlt erstaunlicherweise in Ihrem Plot. Dabei hat Frau Reuter kraft Ihres Praktikantinnenamtes angeblich versucht, Sie davon zu überzeugen, einen solchen Bürgermeister einzubauen.«

»Nicht ganz«, widersprach ich, »bei mir taucht durchaus ein Bürgermeister auf. Allerdings nur kurz als ein Beispiel für die lasche Kirchenzucht des Pfarrers. Ich kann mich nicht erinnern, dass aus dem Lektorat der Vorschlag kam, einen Bürgermeister in einer tragenden Rolle einzufügen.«

»Tja, wie auch immer! Regula Reuter sagt jedenfalls, sie habe lediglich die anonymen Briefe an ihren Vater geschickt, ansonsten sei sie für nichts verantwortlich. Frau Reuter hält es allerdings für möglich, dass ihr Vater selbst an den weiteren Geschehnissen schuld ist.«

»Also, ich komm da nicht mit. Ich weiß nur, was ich geschrieben habe und was in der Zeitung stand. Der Name Eberhard Reuter sagt mir nichts. Von anonymen Briefen weiß ich nichts. Diese Frau kenne ich nicht. Kann ich jetzt gehen?«

Walter sah mich lange schweigend an. Ich konnte sehen, wie es in ihm arbeitete. Endlich hatte er seine Entscheidung getroffen: »Ja, gehen Sie nach Hause. Aber halten Sie sich zur Verfügung. Unter Umständen brauchen wir Sie noch mal.«

»Und ich?« Regula Reuter klang unsicher.

»Sie bleiben. Sie haben –« Weiter kam er nicht.

Eine Beamtin stürmte in den Raum und streckte Walter ein iPad entgegen: »Schauen Sie, ein Täterbekenntnis! Kam gerade per Mail!«

»Moment mal«, brummte Walter, der die E-Mail mit gerunzelter Stirn gelesen hatte, »das geht mir zu schnell!«

Leider sagte er nicht, was oder wer ihm zu schnell war. Er gab Anweisungen, die Praktikantin im Verhörzimmer zu belassen, und schickte mich jetzt regelrecht nach Hause. Nicht ohne mir nochmals einzuschärfen, dass ich mich weiterhin zur Verfügung halten müsse.

Eigentlich wäre ich lieber geblieben – jetzt wurde die Sache endlich interessant. Doch auch meine Trödelei beim Aufstehen und Jacke Anziehen rettete nichts mehr.

Schon eine Viertelstunde später war ich zu Hause, und ein Sturm neugieriger Kinderfragen beschäftigte mich für die nächsten Stunden.

Ein Blick aus dem Fenster bestätigte mir jedoch meine Vermutung: Ich blieb unter Beobachtung. Der Fahrer in dem unauffälligen Fiat hatte gerade gegenüber eingeparkt, als ich die Haustür aufgeschlossen hatte, und stand nun immer noch dort. Er las in einer Tageszeitung und hatte einen Thermobecher neben sich stehen. Offenbar hatte er keinerlei Interesse daran, nicht so auszusehen, als käme er aus einer billigen Krimiserie.

23. KAPITEL (MITTWOCHABEND)

An diesem Tag geschah nichts Aufregendes mehr. Nachdem Frieda und Henriette alle ihre Fragen losgeworden waren, gelang es mir sogar, am Abend ein paar Stunden lang gar nicht mehr an Lenzdorf und meinen Krimi zu denken. Erst erklärte uns Frieda in allen Details die Story ihres neuen Rollschuh-Musicals, in dem sie nun tatsächlich eine richtige Rolle bekommen hatte: eine Trickdiebin, die sozusagen als Running Gag immer wieder im Stück auftauchte und für Verwirrung sorgte. Eine prima Rolle für Frieda!

Dann schlug Eva-Maria vor, mal wieder »Siedler« zu spielen. Eine gute Idee von ihr. Bei »Siedler« bin ich beinahe unbesiegbar. Da müssen sich schon alle anderen gegen mich verbünden, um mich verlieren zu sehen. Aber das geschah an diesem Abend nicht – ich gewann, wie immer. In Hochstimmung setzte ich mich zu später Stunde noch mal an die Ereignisse in Adorf:

»Ist der PC des Pfarrers schon ausgewertet?«, fragte Klume und setzte sich zu ihrem Kollegen an den Schreibtisch.

»Hm, ja – der Bericht müsste hier irgendwo liegen ...« Meinte kramte in einer Ablage und zog schließlich eine Dokumentenmappe hervor. »Hier. Aber sie haben nichts gefunden, was irgendwie interessant wäre. Nicht einmal der Browserverlauf ist spannend. Pfarrer Stolze hat sich im Internet offensichtlich vor allem auf Seiten mit Predigtvorschlägen und Kirchengeschichte rumgetrieben. Immer wieder taucht auch Chefkoch.de auf, aber da hat vermutlich Berta Bruns seinen Computer benutzt. Das Aufregendste, was die Technik gefunden hat, ist seine Internet-Mitgliedschaft bei der Parfümerie Douglas. Er hat immer wieder unterschiedliche Rasierwasser bestellt.«

»Wurde auch sein Mailaccount kontrolliert?«, fragte Klume.

»Soweit möglich, ja. Seelsorgliche Mails, dienstliche Mails, Austausch mit Kollegen über liturgische und pastorale Themen – nichts Spektakuläres. Leider«, fügte er noch mit einem Seufzen hinzu. Er gab die Mappe seiner Kollegin.

Amrei Klume blätterte durch den Ausdruck. »Ich will wissen, ob der Stolze auch Mails mit seinem Diakon gewechselt hat. Haben Sie was gesehen?«

Meinte schüttelte den Kopf: »Nein, aber ich habe auch nicht alle gelesen. Ich war mehr auf ungewöhnliche Mailadressen fixiert.«

Klume hörte ihm schon nicht mehr zu, sie hatte gefunden, wonach sie suchte, und las laut vor: »Lieber Bruder Stefan, ich bitte dich als dein geistlicher Bruder, nicht als dein Vorgesetzter: Nutze das Sakrament der Beichte und Buße. Erleichtere dein Gewissen und widerstehe der lockenden Stimme der Versuchung.«

»Und der hat doch was mit der Pleschke«, platzte Meinte dazwischen.

»Vielleicht, aber die Mail geht noch weiter. Hören Sie: ›Zwar schwören wir als Priester nicht Gehorsam, Keuschheit und Armut wie unsere Ordensbrüder. Doch es ist uns auch als Priester ohne Ordensgelübde geboten, so einfach wie möglich zu leben und uns unabhängig zu machen von den Reichtümern, die der Widersacher uns lockend vor Augen führt. Gehe in dich, beichte, vertraue dich dem Herrn an. Für uns und alle gilt: In Christus liegen verborgen alle Schätze der Weisheit und der Erkenntnis. (Eph 5).‹ Das hört sich nicht nur nach Unzucht an, finden Sie nicht?«

»Gibt es eine Antwort des Diakons darauf?«, fragte Meinte.

»Nein«, antwortete Klume enttäuscht.

»Dann fragen wir ihn eben selbst.« Meinte war schon aufgestanden und griff nach seinem Mantel.

Sie fanden den Diakon in der Kirche. Er schien nicht überrascht, die beiden Kommissare zu sehen: »Gott zum Gruße, Frau Klume, Herr Meinte. Sie finden mich bei der Arbeit. Da Berta Bruns auch Kirchendienerin war, muss ich nun übergangsweise selbst Hand anlegen. Der Altarschutt wurde bereits beseitigt, und ein Gemeindemitglied war so freundlich, uns diesen

Tisch hier als Provisorium zu überlassen. Natürlich nur, bis wir einen neuen haben. Aber das kann dauern.«

Erstaunlich geschickt warf er eine weiße Altardecke über den stabilen Eichentisch. Dann verschwand er in der Sakristei und kam mit zwei großen Altarkerzen und einem Bronzekruzifix wieder.

Während er das Kreuz mittig und die Kerzen rechts und links davon auf den Altar stellte, redete er weiter: »Das Kreuz ist aus einer aufgegebenen Hofkapelle – damals dachte ich: wozu das denn? Aber siehe da, nun können wir froh sein, ein Ersatzkreuz zu haben. Der Mensch denkt, der Herr lenkt. Apropos – warum sind Sie beide hier?«

Er drehte sich zu den Besuchern um und stand ihnen sehr gerade gegenüber.

Klume fühlte sich von dem alerten Diakon provoziert. Ein wenig unwirsch begann sie zu sprechen: »Nun, wir haben da noch ein paar Fragen an Sie, Herr Schultes. Sollen wir das hier drinnen besprechen?« Und durchaus herausfordernd fügte sie hinzu: »Wir könnten uns auch gerne dazu in den Beichtstuhl setzen, was meinen Sie?«

Schultes verzog keine Miene: »Ich denke, wir bleiben einfach hier. Auf den Beichtstuhl können wir sicherlich verzichten. Gott ist mein Zeuge allüberall.«

Als Meinte sah, dass seine Kollegin die Augen verdrehte, beschloss er, selbst die Initiative zu ergreifen: »Nun, Herr Schultes. Wir sind bei der Durchsicht von Pfarrer Stolzes Mailverkehr auf eine Mail an Sie gestoßen. Er schlägt Ihnen darin vor, das Bußsakrament zu nutzen, und spricht von Versuchungen, denen Sie seiner Ansicht nach erliegen. Was hat er damit gemeint?«

Der Diakon antwortete so schnell, dass Klume beinahe entgangen wäre, wie sich seine Gesichtszüge veränderten. Aber sie hatte es doch noch bemerkt: Seine Stirn kräuselte sich, die Augenbrauen waren nach oben gezogen. Und er verlagerte sein Gewicht auf das linke Bein. »Sie meinen die Mail mit dem Verweis auf das Ordensgelübde? Tja, wie Sie vielleicht beim Blick in meine Wohnung bemerkt haben, liebe ich hochwertige Technik, vor allem wenn es um Musik geht. Pfarrer Stolze war der Meinung, dass sich das nicht gehöre für einen Mann Gottes. Außerdem – und auch das werden Sie schon wissen – bin ich mit Ann-Katherine Pleschke, seiner Nichte, befreundet. Bruder Stolze hat mir nicht geglaubt, dass dies rein platonischer Natur ist.«

»Wie können Sie mit Ihrem Gehalt diese Geräte bezahlen?« Meinte erinnerte sich nicht genau an Einzelheiten der Einrichtung, nur der durchgestylte Gesamteindruck wirkte in ihm nach.

»Sparen«, sagte Schultes mit einem süffisanten Grinsen, »und ein kleines Erbe. Schließlich habe auch ich eine Herkunftsfamilie.«

»Und was«, mischte sich Klume nun ein, »verbindet sie so innig platonisch mit Frau Pleschke? Die Liebe zur Musik oder gar zur Religionspädagogik?«

Das leise verächtliche Schnauben des jungen Mannes ärgerte sie mehr, als sie sich anmerken ließ.

»Freundschaft ohne Sex – das können Sie sich offensichtlich nicht vorstellen, Frau Klume, nicht wahr? Nun, wir sprechen über geistliche Themen. Mitunter wohnt sie dem Vollzug meiner Messfeiern bei.«

»Zu Hause?«, fragte Klume.

»Natürlich zu Hause«, antwortete Schultes herablassend milde. »Das gehört dazu. War es nicht sogar Ihr Luther, der sagte, unser ganzes Leben solle ein einziger Gottesdienst sein? Nun, wir Katholiken nehmen das sehr ernst. Wir feiern die heilige Messe auch in den eigenen vier Wänden.«

Mit einer lässigen Drehung wandte er sich dem Mittelgang zu. »Und nun werde ich genau dorthin zurückgehen, in meine eigenen vier Wände. Sie entschuldigen ...« Ohne eine Antwort abzuwarten, ging der Diakon mit federnden Schritten auf die Kirchentür zu.

Meinte wollte sofort hinterher, doch Klume hielt ihn zurück. Sie flüsterte: »Warten Sie. Lassen Sie ihn nach Hause gehen. Ich will sehen, was er jetzt macht. Wir folgen ihm mit sicherem Abstand.«

Es gelang ihnen, über einen parallelen Weg etwa zeitgleich mit dem Diakon am Pfarrhaus anzukommen. Sie blieben hinter einem Gebüsch auf der gegenüberliegenden Straßenseite stehen und beobachteten, wie er einen Schlüsselbund aus der Hosentasche zog.

Dann öffnete er den Briefkasten und entnahm ihm eine ganze Menge Post, große und kleine Umschläge. Ohne die Briefe genauer anzusehen, schloss er die Haustür auf und betrat das Haus. Die Kommissarin war plötzlich aufgeregt: »Meinte, warten Sie hier. Mir ist eben was eingefallen, das muss ich unbedingt nachprüfen. Ich erkläre es Ihnen hinterher. Bin gleich wieder da.«

Sie rannte zur Haustür und klingelte bei Schultes. Sofort ertönte der Summer und sie ging hinein. Jetzt musste ihr schnell etwas einfallen. Schultes stand in der Wohnungstür. Er schien nicht gewillt, sie hineinzulassen.

»Herr Schultes, entschuldigen Sie die erneute Störung«, begann sie, um Zeit zu gewinnen. Der Diakon erwiderte dies mit einem spöttischen Grinsen.

»Bei unseren Recherchen hat sich noch eine Frage ergeben, die wir unbedingt vor Ort klären müssen.«

»In der Kirche waren Sie doch eben schon«, entgegnete Schultes.

»Nein, nein. Es geht um die Entfernung. Also die Entfernung zwischen Pfarrhaus und Kirche …« Sie merkte, dass sie dabei war, sich zu verrennen. »Mit anderen Worten, es geht eigentlich um den Sichtwinkel. Die KTU wollte wissen, ob man hier, vom Pfarrhaus aus, direkten Blick auf die Kirche hat.«

Das Gesicht des Diakons verzog sich zu einem amüsierten Fragezeichen: »Ich kann Ihnen helfen: Ja, man hat. Man sieht direkt auf die Ostmauer der Kirche. Auf Wiedersehen.« Er schloss die Tür, doch

Klume stellte einen Fuß in die Öffnung: »Es tut mir leid, ich muss das noch fotografieren.«

Beinahe brüsk riss Schultes die Tür auf und machte eine übertrieben einladende Bewegung mit dem linken Arm: »Nun denn, so dokumentieren Sie den einzigartigen Blick auf die Ostseite der Adorfer Kirche Unserer Lieben Frau. Vom Wohnzimmer aus dürften Sie ein erstklassiges Foto schießen können.«

Mit dem Handy in der Hand betrat Klume das Wohnzimmer des Diakons. Ohne sich allzu auffällig umzusehen, nahm sie den Corbusier-Sessel aus schwarzem Leder wahr, die Bose-Boxen, einen überdimensional großen Flachbildschirm und ein Sideboard, auf dem mehrere Hi-Fi-Geräte platziert waren. Ihre Füße versanken in einem hochflorigen Teppich. Schultes folgte ihr nicht ins Wohnzimmer, sondern blieb im Eingangsbereich stehen.

Als sie sich nochmals zu ihm umdrehte, wurde ihr klar, weshalb: Er stand vor einer minimalistischen Kommode, auf die er seine Post gelegt hatte. Sie brauchte dringend einen Plan! Und Zeit!

»Ich mach das Fenster lieber auf«, rief sie ihm zu. Er nickte und blieb stehen. Der Fenstergriff hakte etwas. Sie rüttelte vorsichtig daran, legte das Handy zur Seite, um mit der linken Hand nachzuhelfen – und klemmte sich prompt den linken Ringfinger ein.

Der Schmerz ließ sie aufschreien, und Stefan Schultes reagierte sofort. Mit wenigen Schritten war er bei ihr und besah sich den gequetschten Finger: »Hm«, sagte er, »sieht nicht allzu schlimm aus. Ein Pflaster würde nichts helfen, es blutet nicht.«

»Ja«, stimmte Klume zu, »aber wenn Sie mir vielleicht ein nasses Tuch zum Kühlen bringen könnten?«

Prüfend schaute Schultes die Polizistin an, dann sagte er: »Na gut«, und ging zurück in den Flur Richtung Küche.

Das war ihre Chance: Sie folgte ihm lautlos in den Flur – der Teppich machte es möglich –, schnappte sich ohne hinzusehen einen der Briefumschläge, steckte ihn in ihre Jackentasche und rief dann Richtung Küche: »Ich hab jetzt durch das geschlossene Fenster fotografiert. Soll ich in die Küche kommen? Dann müssen Sie nicht mit dem nassen Tuch durch die Wohnung.«

»Ja«, knurrte er. Sie hörte, wie in der Küche das Wasser lief.

Eine Minute später stand sie wieder im Hausflur, um den linken Ringfinger ein feuchtes Stofftaschentuch gewickelt. Die Ecke mit dem Monogramm »SS« war oben sichtbar. Klume war sich sicher, dass der Diakon das beim Herumwickeln beabsichtigt hatte.

In dem Versteck hinter den Büschen zeigte sie Meinte triumphierend ihre Beute: Sie hatte den Umschlag erwischt, den sie bei Edelgard Nolte schon einmal gesehen hatte. Meinte fand, dass das so nicht gehe, aber er protestierte nicht, als sie den Umschlag öffnete.

Darin befanden sich vier 50-Euro-Scheine und ein Zettel: »Totenmessen April. Nolte, Wilhelm.«

Sie schauten sich verblüfft an. »Macht man das so?«, fragte Meinte.

»Keine Ahnung«, antwortete Klume, »bei der Weber klemmte so ein Umschlag am Kruzifix. Wie lange sind die beiden schon Witwen? Doch mindestens zehn Jahre, oder?«

Wenige Minuten später klingelten Sie bei Frau Nolte, die mit einem freundlichen Lächeln öffnete und die beiden hereinbat. Klume holte einmal tief Luft und zeigte der alten Frau den Umschlag mit dem Geld und dem Zettel: »Können Sie mir das erklären?«

Die Witwe seufzte und schaute auf eine gerahmte Fotografie an der Wand. »Das war mein Willi«, sagte sie dann. »Ein guter Mann. Er hat hart gearbeitet, um uns zu ernähren. Beim Sägewerk. Und dann ist er eines Tages nicht mehr nach Hause gekommen. Herzinfarkt. Einfach so. Das ist jetzt 22 Jahre her. Der Pfarrer Stolze hat ihn beerdigt. Der war damals gerade neu hier.«

»Aber warum lassen Sie immer noch Totenmessen lesen für ihn? Nach 22 Jahren!«, fragte die Kommissarin.

»Nein, nein. Leider nicht. Das mache ich erst, seit Diakon Schultes hier ist. Ich hoffe, es nützt meinem Willi noch was. Ich hätte das viel früher tun sollen.«

»Frau Nolte, entschuldigen Sie, mein Kollege und ich sind beide evangelisch. Können Sie uns erklären, warum Sie hoffen, dass die Totenmessen Ihrem Mann noch etwas nützen?« Klume war ungeduldig.

»Na, wegen des Fegefeuers!« Edelgard Nolte schaute die beiden Kommissare erstaunt an. »Wissen Sie denn nicht, dass man für seine Sünden ins Fegefeuer muss, bis man sie abgebüßt hat? Das ist schlimm. Wenn man Totenmessen lesen lässt, kann diese Zeit verkürzt werden.«

»Ich weiß schon, warum meine Ahnen Hugenotten waren«, murmelte Meinte so leise, dass nur Klume es hören könnte. Dann sprach er laut weiter: »Aber warum haben Sie dann damit erst angefangen, seit Herr Schultes hier ist?«

»Weil ich vorher nicht wusste, was für ein Sünder mein guter Willi war. Herr Schultes hat mir anvertraut, dass er Aufschriebe von dem Pfarrer vor Herrn Stolze gefunden hat. Darin steht, was mein Willi alles gemacht hat. Er hat es ihm erzählt. Aber nicht in der Beichte. Also hat er keine Absolution bekommen«, sie schlug die Hände vors Gesicht, »schlimme Dinge hat er getan. Schlimm!«

»Und Diakon Schultes hat Ihnen gesagt, dass Sie Ihrem Willi aus dem Fegefeuer raushelfen können, wenn Sie ihn für Totenmessen bezahlen?«, versuchte Klume, das Gespräch zu beschleunigen.

»Ja, jede Woche eine. Er hat alle Sünden aufgelistet und die Bußdauer dafür im Fegefeuer. Dann haben wir die Sühnekraft der Messen gegengerechnet und herausgefunden, dass nach sieben Jahren seine Sünde ausgeglichen sein müsste.«

»Können Sie sich das denn leisten? Jeden Monat 200 Euro extra?« Meinte klang besorgt.

»Nun ja«, sie nahm die Hände wieder vom Gesicht, »ich komme zurecht. Ich lebe sparsam. Im Winter braucht man ja keinen Kühlschrank und im Sommer kein künstliches Licht. Für die Magda ist es viel schwieriger. Aber es geht doch um das Seelenheil unserer Männer. Da verzichtet man gerne.«

»Meinen Sie Magda Weber?«, fragte Meinte.

Die Witwe nickte.

Sie schwiegen alle drei. Schließlich fiel Frau Nolte etwas ein: »Nicht wahr, Sie bringen das Geld doch zurück zum Herrn Diakon? Für die Messen. Die sind doch wichtig.«

Bestürzt schaute Meinte seine Partnerin an, doch die antwortete ungerührt: »Aber natürlich, Frau Nolte. Alles kommt in Ordnung. Wir gehen jetzt direkt wieder hin. Vielen Dank für Ihr Vertrauen.«

Ich schickte meinem Privat-Amos noch einen kleinen Gedankengruß: »Siehst du, Amos, alles kommt in Ordnung.« Ich speicherte mein Werk ab und schlief erstaunlich gut.

24. KAPITEL (DONNERSTAG)

Am nächsten Morgen hatte ich fünf Stunden am Stück Unterricht. Meine Englischklasse, aus der ich am Vortag abgeholt worden war, gab sich erstaunt, dass ich schon wieder vor ihnen stand. Sie trauten mir offensichtlich zu, ein gesuchter Verbrecher zu sein …

Ich konzentrierte mich ganz auf den Unterricht und forderte höchste Denkleistung von der Klasse. Auf blöde Fragen der Jugendlichen reagierte ich einfach nicht. Nur als ich in der großen Pause Hofaufsicht hatte, wurde ich plötzlich sentimental – sonst hatte ich donnerstags mit Merle Aufsicht gehabt. 20 Minuten, in denen wir krampfhaft vermieden, miteinander ins Gespräch zu kommen. Ich kämpfte gegen ein flaues Gefühl im Magen, aber dann ging es wieder gut für den Rest des Vormittags.

Als ich nach dem letzten Klingelzeichen mein Handy wieder anschaltete, fand ich eine Nachricht von Kommissar Walter vor: Ich möge mich auf 14 Uhr im Präsidium einfinden, Weiteres erführe ich dort. Er hatte tatsächlich »einfinden« geschrieben! Mir fiel plötzlich ein, dass er gestern immer im Plural gesprochen hatte, obwohl er offensichtlich nur sich alleine gemeint haben konnte. Ich grinste vor mich hin und machte mich auf den Nachhauseweg. Wenn sich dann mal alles wieder beruhigt hatte, könnte ich eigentlich diesen Typen gut als Krimifigur verwenden, wunderbar verschroben, der Kerl!

Eberhard Reuter sah verstohlen zu seinen Schuhen hinunter. Erleichtert stellte er fest, dass sie seit dem letzten Putzen nur wenig an Glanz verloren hatten. Saubere, polierte Schuhe beruhigten ihn. Wenn er zu viel Schmutz an den Sohlen hatte, fühlte er sich durch und durch verunreinigt. Er wusste, dass sein Schuhputztick ein wenig spleenig war, aber es war ein nützlicher Spleen, weil er in der Regel dadurch andere an Eleganz von der Schuhspitze an übertraf.

Sein Anwalt saß im 90-Grad-Winkel zu ihm und blätterte in seinen Aufschrieben. Er schien nervös. Plötzlich räusperte er sich und sagte in die Stille des Raumes hinein: »Wir haben ein Recht darauf, zu erfahren, warum mein Mandant hierher einbestellt wurde.« Reuter sah ihn irritiert an, denn sie waren die beiden einzigen Personen im Raum. Ertel bemerkte Reuters Irritation und beeilte sich zu erklären, dass sie vermutlich von draußen abgehört wurden.

Als hätte draußen jemand auf eine solche Feststellung gewartet, ging plötzlich die Tür auf und ein von Reuters Position aus unsichtbarer Polizist schob eine junge Frau herein.

»Regula?« Reuter schaute seine Tochter völlig überrascht an.

»Ach, sieh an, haben sie dich schon?« Seine Tochter lächelte maliziös.

Ertel sah abwechselnd seinen Freund Eberhard und dann wieder dessen Tochter Regula an.

Für den Bruchteil einer Sekunde hatte Reuter den Impuls gespürt, aufzustehen und Regula zu umarmen, doch ihr feindseliges Lächeln hielt ihn davon ab.

»Ich verstehe nicht, Regula – wie meinst du das? Ich bin schließlich nicht als Häftling hier!« Er klang empörter, als er war. Während des Sprechens versuchte sein Blick, alles an ihr auf- und wahrzunehmen, was von ihr sichtbar war.

»Ich auch nicht«, antwortete sie lakonisch und lehnte sich an die Kante des kleinen Wandschranks, »aber du kannst es jetzt ruhig zugeben.«

Reuter hatte plötzlich keine Lust mehr zu antworten. Er schaute sie lange an. Erinnerte sich daran, wie sie als Dreijährige beim Schaukeln gejauchzt hatte und immer noch höher angeschubst werden wollte. Und an ihr Lächeln mit den zwei großen Zahnlücken bei der Einschulung. Wie süß sie beim Ponyreiten ausgesehen hatte. Wo waren eigentlich die Fotoalben hin? Hatte die auch alle Alexandra mitgenommen?

Irgendwann war ihm die Verbindung zu Regula verloren gegangen. Vielleicht als sie die Zahnspange bekam? Jetzt jedenfalls erinnerte nichts mehr an ihr an das süße Kind von damals. Er fand ihren Rock zu kurz und die Absätze zu hoch. Und an ihrer Bluse gehörten definitiv noch ein paar Knöpfe geschlossen.

In Regula schien unter dem aufmerksamen Blick des Vaters etwas zu geschehen. Ihr Lächeln war erstorben, und plötzlich nestelte sie mit den Fingern an ihrer Bluse herum, um einen Knopf zu schließen.

Reuter sah sie plötzlich als Konfirmandin vor sich. Graues Kostüm, weiße Bluse. Weil sie zwei Dörfer weiter konfirmiert worden war, wo es eine evangelische Gemeinde gab, war er zum Gottesdienst mitgekommen. Er hatte darauf bestanden, dass die Feier anschließend auch dort stattfand, nicht in Lenzdorf.

War es ihm wirklich so peinlich gewesen? Er erinnerte sich nicht mehr genau. Nur, dass Alexandra den ganzen Tag nicht mit ihm gesprochen hatte und er nach dem Kaffee zum SC-Spiel gefahren war. Als er danach zurückkam, war die Verwandtschaft bereits wieder nach Hause gefahren. Der Club hatte das Spiel verloren und stieg in dieser Saison in die zweite Liga ab. Er war heute noch überzeugt davon, dass dies Gottes Strafe für ihn gewesen war, weil er es nicht geschafft hatte, seine Familie zum Übertritt zu bewegen. Sie hatten nie wieder darüber gesprochen.

Na ja, sie hatten genau genommen sowieso nicht mehr viel miteinander gesprochen. Ob ihm deswegen auch jetzt nichts einfiel? Was hatte sie damit gemeint, dass er es ruhig zugeben könne? Was konnte sie schon wissen über die großen Aufgaben, die er zu bewältigen hatte?

»Was, meinen Sie, soll Ihr Vater zugeben?« Ertel schaltete sich endlich ein. Und Regula schien froh darüber zu sein. Sofort straffte sich ihre Haltung wieder.

»Na, dass er sie beide auf dem Gewissen hat. Den Pfarrer und Merle!«

»Ha!« Reuter erwachte aus seiner kontemplativen Stimmung. »Als ob ich meinen Freund Hans umbringen würde. Der Himmel weiß, wie sehr ich um ihn trauere!« Er hob den Blick nach oben, schaute jedoch schnell wieder Regula an, weil ihn die Neonlampe blendete.

»Und Merle?« Jetzt hatte Regula wieder dieses fiese Grinsen im Gesicht.

Reuter schnappte nach Luft. Gleichzeitig ging die Tür auf und Walter kam herein mit einem sportlichen Enddreißiger im Schlepptau. Er trug tatsächlich Jeans und Turnschuhe wie ein Student. Wahrscheinlich war er Lehrer. Und vermutlich hatte er die Schuhe als »Sneaker« gekauft. Die Schnürsenkel waren nicht mehr weiß. Und Schuhcreme hatten diese »Sneaker« offensichtlich auch noch nie gesehen.

»Wer ist das überhaupt?«, fragte Reuter in Richtung Kommissar. »Der mit dem Bekennerschreiben?«

Regula schaute den Sneaker-Träger nicht einmal an. »Lenk nicht ab«, zischte sie. »Der hat hier überhaupt nichts zu sagen. Du bist jetzt derjenige, der reden muss. Und gestehen!«

Irgendetwas ging in seiner Tochter vor. Als hätte sich ihre Wut in eine Art heiligen Zorn verwandelt. Sie erschien ihm plötzlich sehr groß, als sie ihn direkt ansah. In gepresstem Ton fragte sie: »Warum hast du Merle umgebracht?«

Reuter setzte sich. Ertel soufflierte ihm, dass er auch schweigen könnte. Aber der Kommissar fragte ihn ebenfalls nach Merle: »Ja, Herr Reuter, wie sieht es mit Merle Rothenbacher aus?«

Das war zu viel für ihn. Er musste reden: »Was ist denn überhaupt los? Was fällt Ihnen ein? Ich bin doch der Leidtragende! Erst wurde ich mit anonymen Briefen überzogen, dann fällt mein Freund Hans einem tragischen Unfall zum Opfer und schließlich ermordet eine Bestie meine Gelie–, meine geliebte Freundin Merle Rothenbacher. Und dann kommen Sie und bezichtigen mich all dieser Grausamkeiten! Und du, Regula – die zehn Gebote gelten doch wohl auch in der evangelischen Kirche. Wie ehrst du hier deinen Vater?«

Er spürte selber, dass es ihm nicht gelungen war, ehrlich empört zu klingen. Um seinen Worten dennoch Nachdruck zu verleihen, hatte er nach seinem letzten Satz einen energischen Schritt von Regula weg nach vorne gemacht und stand jetzt dem Kommissar direkt gegenüber. Mit einem geübten Blick erfasste er, dass Walters Schuhe ungeputzt waren, und fühlte sich gleich ein wenig sicherer.

»Das ist sehr interessant, Herr Reuter, dass Sie das so sehen.« Walter wich keinen Schritt zurück. Er sprach leise: »Wie erklären Sie sich aber, dass es inzwischen ein Bekennerschreiben gibt, das so tut, als seien Sie der Urheber?«

»Eine infame Intrige«, polterte Reuter und freute sich, dass ihm das Wort »infam« eingefallen war.

Mir war nicht klar, welche Rolle bei diesem Zusammentreffen mir zugedacht war. Walter hatte mich mit den Worten: »Jetzt lassen wir sie alle aufeinander los – und Sie sind dabei, als Chronist!«, empfangen. Dann war er mit beschwingten Schritten vor mir hergegangen und hatte mit mir das Verhörzimmer betreten.

Mir bot sich eine bizarre Szene. Jener Bürgermeister, wie ich mittlerweile verstanden hatte, stand mit falsch geknöpftem Hemd mitten im Zimmer. Seine auf Hochglanz polierten Schuhe bildeten einen merkwürdigen Kontrast zu seiner Brille, die irgendwie schief auf der Nase saß und ein Putztuch vertragen hätte.

Im Hintergrund saß Aktenordner blätternd ein altersloser Mann, für den mir als Adjektiv nur »Rechtsanwalt« einfiel. Und dann – halb isoliert, halb Mittelpunkt der Konstellation – Regula Reuter, gewagt gekleidet, kurz vor der Grenze zum Aufreizenden.

Der Bürgermeister drehte sich zu mir und schaute mich von oben bis unten an. Sein Blick blieb länger als notwendig an meinen Turnschuhen hängen. Als ob er Kraft aus dem Anblick meiner Schuhe schöpfte, hob er endlich die Augenbrauen und sagte in meine Richtung: »Wer ist das überhaupt? Der mit dem Bekennerschreiben?«

Regula schnaubte. »Lenk nicht ab. Der hier hat überhaupt nichts zu sagen. Du bist derjenige, der jetzt reden muss. Und gestehen!«

In der Praktikantin war irgendetwas vorgegangen – sie sah plötzlich aus wie die Protagonistin einer altgriechischen Tragödie oder zumindest so, wie ich mir Darstellerinnen in altgriechischen Tragödien vorstelle. Ihre Haltung hatte etwas Geducktes, ihre Haut sah schlecht durchblutet aus und aus ihren Augen sprühten Funken – na ja, fast. Jedenfalls war sie nicht mehr cool, nicht mehr gelassen und nicht im Entferntesten aufreizend. Sie war Alekto, war Megaira, war Tisiphone. Mehr antike griechische Dramaqueens fielen mir im Moment nicht ein. Vielleicht noch Lady Macbeth?

»Warum hast du Merle umgebracht?« Sie klang gefährlich leise.

Der Bürgermeister nestelte an seinem schief geknöpften Hemd, dann setzte er sich hin.

»Du musst darauf nicht antworten«, klang von hinten die Stimme des Rechtsanwalts.

»Ich muss darauf nicht antworten«, wiederholte Reuter, schien aber gleichzeitig nicht zu begreifen, was er sagte. Dann brach ein Redeschwall aus ihm heraus. Ich verstand immerhin, dass er und Merle ein Paar gewesen waren. Trotz der brisanten Situation schüttelte ich den Kopf. Dass sich Merle ausgerechnet so einen Typen ausgesucht hatte.

Aber dann präsentierte der Kommissar eine echte Knallerbotschaft – er sprach von einem Bekennerschreiben eben jenes Bürgermeisters im Internet. Erst als dieser Bürgermeister dies als infame Lüge von sich wies, dämmerte mir, dass die Homepage meines Verlags offensichtlich ein Update erfahren hatte.

»Echt jetzt?«, rutschte mir raus. »Aber das beweist, dass ich nichts damit zu tun habe! In meinem Krimi gibt es gar keinen Bürgermeister.«

»Eben!«, zischte Regula, ohne sich zu mir umzudrehen.

Ich konnte beinahe hören, wie sich die verschiedenen Synapsen in meinem Gehirn plötzlich verbanden. Auf einmal verstand ich alles: »Sie waren das? Der Bürgermeister? Dann haben Sie auch das Blut aus dem Auto gestohlen! Und Merle dachte, ich sei das gewesen!«

Ich wandte mich an den Kommissar: »Der zerstörte Altar, Herr Walter, war da Schweineblut drübergegossen? Wenn ja, dann war es das Schweineblut, das Merle in der Metzgerei geholt hatte, um im Bio-Neigungskurs einen Versuch zu machen!« Dann drehte ich mich wieder zum Bürgermeister: »Aber ich verstehe nicht, warum Sie das getan haben.«

»Welches Blut?« Der Bürgermeister war verwirrt, er strich sich die Haare aus der nassen Stirn. »Das war doch kein Schweineblut – oder war sie gar nicht tot? Ist sie nicht tot? Meine Katze.«

Er stand auf und schaute wild um sich. Ich drehte mich nach Walter um, doch der stand völlig gelassen am Rand und beobachtete uns aufmerksam.

»Warum sollte ich Blut aus einem Auto holen? Warum sollte ich einen Altar zerschmettern? Nur wegen des Internats?«

Er begann, im Kreis durch den Raum zu gehen. Als er an Regula vorbeikam, packte er sie an den Schultern und schüttelte sie: »Ihr habt doch keine Ahnung! Heutzutage braucht man eine Lobby, wenn man an den richtigen Platz will.« Er ließ ab von ihr und redete im Gehen weiter: »Darum geht es doch im Leben, seinen Platz zu finden, seine Homezone, sein Zuhause. Und der SC – das ist mein Zuhause, ich bin der Einzige, der wirklich das Format zum Vorstand mitbringt.« Inzwischen war er schon das zweite Mal an mir vorbeigetigert. Jetzt blieb er erneut vor Regula stehen: »Aber natürlich muss man die anderen davon überzeugen. Oh ja, man muss Briefe schreiben, die überzeugend sind. Briefe, die allen glasklar vor Augen führen, weshalb ich die beste Option als Vorstand bin. Briefe muss man schreiben, gegen die sich niemand mehr was zu sagen traut.« Er wandte sich von seiner Tochter ab und sprach jetzt in die Richtung seines Anwalts: »Ich bin die beste Option, weil ich den schwulen Spieler genauso schütze wie den Aufsichtsrat, der mit ihm ein Verhältnis hat. Weil ich dem Kollegen, der den Glühwein im Stadion mit Wasser gestreckt hat, die Rechnung so aufarbeite, dass das Geld im Verein bleibt. Weil ich schweigen kann. Über den bestochenen Schiedsrichter genauso wie über Kratzer im Auto. Ich bin der ideale Vorstand, ich bin Vorstand mit jeder Zelle meines Körpers.« Bei den letzten Worten war er lauter geworden und klopfte sich mit der flachen rechten Hand auf die Brust. Niemand sagte etwas. Dann nahm er seine Runde wieder auf und sprach weiter: »Aber Merle – die hat das nicht verstanden. Hat mir eine Szene gemacht. Als ob die Leute im Aufsichtsrat betrogen würden, wenn ich mich denen als potenter Vorstand präsentiere. Dabei musste ich noch nicht mal auftrumpfen; ich habe nur deutlich gemacht, dass ich als Vorstand der beste Schutz für den Aufsichtsrat bin. Ich werde alle beschützen. Ich sorge dafür, dass niemand im Aufsichtsrat seinen Hut nehmen muss. Das habe ich denen geschrieben. In sehr persönlichen Worten. Merle wollte deshalb das Internat. Lächerlich. Aber gut, sollte sie eben ihr Internat haben. Da wäre dann auch ein Altar dringestanden und ein Kruzifix. Und der Fischer hätte Anstaltspfarrer werden können …«

Er blieb wieder vor seiner Tochter stehen. Abrupt. »Es hat mich nur sieben Briefe gekostet, die anderen im Aufsichtsrat zu überzeugen. Sieben«, er streckte ihr sieben Finger entgegen, »nur sieben! Sieben Briefe ohne Autor. Eine biblische Zahl! Und ganz ohne ausgerissene Bibelseiten. Das lasse ich mir doch nicht von einer kleinen Lehrerin kaputtmachen.«

Ich war verwirrt und fragte Walter leise, ob Reuter sich doch selbst die anonymen Briefe geschrieben hätte. Aber Walter schüttelte nur stumm den Kopf und deutete tatsächlich das Schweigefuchszeichen aus der Grundschule an. Echt verschroben, der Typ.

»Ja, sie war eben nur eine kleine Lehrerin«, spottete Regula Reuter, »gut genug für ein wenig Trost in der Nacht, aber nicht ernst zu nehmen, richtig? Welche Frau nimmst du überhaupt ernst?« Dann fuhr sie in einem schärferen Ton fort: »Du mit deinen Männerbünden. Mit deinem feinen Priester und den schicken Fußball-VIPs. Nur Fischer, der hat sich nicht von dir einlullen lassen, was? Ist er dir auf die Schliche gekommen? Dir, dem genialen katholischen Bürgermeister von Lenzdorf, der in Wirklichkeit nur ein Ortsvorsteher ist.«

Die zynische Rede schien an Reuter abzuperlen, er schaute seine Tochter wie von ferne an. »Was weißt du schon?«, fragte er matt. »Hast du überhaupt Freunde? Du weißt ja nicht, wie viele Opfer ich bringen musste. Für den Beruf, für den Ort, für den Fußball! So viel Zeit, so viel Geld, so viele Freundschaften. Ja, sogar Merle musste ich opfern! Das fiel mir sehr schwer. Gott weiß darum. Manchmal fordert Gott aber genau das Opfer, das uns am meisten schmerzt. Hans hat das gewusst. Leben heißt Opfer bringen! Und du – dich musste ich ja auch aufopfern, musste dich gehen lassen, dem Einfluss deiner Mutter ausliefern. Alles nur, damit es keinen Unfrieden im Dorf gibt. So ein großes Opfer für den Ort habe ich gebracht!«

Er ging wieder im Kreis und strich sich fortwährend mit der rechten Hand über den Manschettenknopf am linken Ärmel.

»Merle hat Fischer von den Briefen erzählt. Das durfte sie doch nicht. Ich habe doch auch niemandem erzählt, dass sie es war, die unbedingt das Internat wollte. Wir waren quitt. Aber sie hat keine Ruhe gegeben. So kann man doch nicht Vorstand werden! Merle war so egoistisch! Sie hat mir den Vorstandsposten nicht gegönnt, sondern nur an ihr eigenes kleines Glück gedacht. Kannst du dir das vorstellen: Sie hat gesagt, sie würde mich ans Messer liefern. Und das, wo ich doch die Aufsichtsräte beschützen wollte. Ans Messer! So hat sie sich ausgedrückt. Sie hat mich bedroht. Ja, genau!« Er drehte sich zu uns anderen und fasste sich pathetisch ans Herz: »Merle Rothenbacher hat mir gedroht. Ich fürchtete um Leib und Leben. Also war es Notwehr! Ertel? Das ist Notwehr, nicht wahr?«

Der inzwischen im Blättern erstarrte Ertel sah seinen Freund erschrocken an und sagte gar nichts. Seine Tochter hatte während seiner letzten Sätze mehrere Schritte rückwärts gemacht und fixierte ihren Vater aus einer Ecke mit hasserfülltem Blick. »Du bist ein Schwächling! Warst du schon immer. Ach was, Schwächling. Ein Emporkömmling bist du. Ein Opportunist, der über Leichen geht. Und außerdem ist dein Hemd falsch geknöpft.«

Bei Regulas letztem Satz sah Reuter erschrocken an sich herunter. »Tatsächlich«, murmelte er, »warum hat mir das niemand gesagt.« Er drehte sich peinlich berührt zur Wand und knöpfte sein Hemd neu zu.

Seine Tochter redete einfach weiter: »Ich habe dir eine goldene Brücke gebaut. Damit du aussteigen kannst. Zurücktreten. Und zugeben, dass alles falsch war. Du wusstest um das Verhältnis eines schwulen Spielers mit einem der Aufsichtsräte und wolltest für dein Wissen den Vorstandssitz. Du hast erfahren, dass es Bestechungsvorwürfe gegen einen Schiri gab, und hast es nicht aufgeklärt, sondern ausgenutzt. Und bist dabei selbst schuldig geworden. Ich wollte dich da rausholen. Aber du hast dich nur immer weiter verstrickt in deinen Narzissmus. Immer geht es nur um dich. Sogar noch im Unrecht, in der Schuld.«

Das nun richtig geknöpfte Hemd schien Reuter neue Kräfte zu verleihen. Er baute sich in der Mitte des Raumes auf, stand breitbeinig da, hob dann langsam die rechte Hand und zeigte mit einem bizarr abgespreizten Zeigefinger auf seine Tochter: »Du, du hast Amos gespielt! Du hast mir die anonymen Briefe geschickt! Freveltat, Unratschleuder. Dafür wird Gott dich strafen!«

Er wollte sich gerade wieder umdrehen, als ihm noch etwas einfiel: »Und dann hast du auch Hans mit dem Kruzifix erschlagen. Und du hast den Altar zerstört. Und mich ebenfalls. Und deshalb bist du auch schuld an Merles Tod. Wenn sie denn wirklich tot ist! Du bist die Schuldige!« Und als wähnte er sich in einer Hollywoodverfilmung eines antiken Dramas, drehte er sich abrupt um und sagte mit einer wegwerfenden Handbewegung: »Wachen, führt sie ab!«

Walter gab einem Polizeibeamten neben sich einen Wink, der daraufhin eine Handschelle um das Handgelenk des überraschten Bürgermeisters zuschnappen ließ.

Walter wandte sich der Tochter zu. Seine Stimme klang beinahe sanft: »Der Tod von Hans Delpe war nicht beabsichtigt, Frau Reuter, nicht wahr? Sie wollten – die Atmosphäre aufheizen, um Ihrem Vater einen Schrecken einzujagen?«

Regula Reuter blickte noch dem Beamten nach, der ihren Vater eben abführte. Dann schaute sie den Kommissar lange an und sagte nichts.

Der Rechtsanwalt in seiner Ecke stöhnte leise.

Walter versuchte es noch einmal: »Wir haben Erkundigungen eingezogen – Ihre Bachelorarbeit wurde hervorragend benotet. Ihr Praktikum im Verlag war Teil Ihrer geplanten Masterarbeit im Fach Volkswirtschaft. Noch können Sie eine andere Branche finden. Vorausgesetzt, wir müssen Sie nicht wegen Mordes festnehmen. Wenn Sie sich Ihre Zukunft nicht ganz verbauen wollen, müssen Sie jetzt reden.«

»Ich habe das Recht auf einen Anwalt.« Sie sagte den Satz ins Leere und schaute niemanden an. Der Rechtsanwalt regte sich nicht bei ihren Worten. Er sah aus, als glaube er, unsichtbar zu sein. Der Kommissar machte ebenfalls keine Bewegung.

Die junge Frau schaute Walter kurz an, nickte kaum merklich und setzte sich dann auf einen freien Stuhl. Sie begann zu reden, noch ehe der Kommissar ihren Namen und das Datum auf den Aufnahmerekorder sprechen konnte.

Sie redete lange und ohne Pause. Ich blieb stehen und hörte zu.

Was sie erzählte, machte mich betroffen. So viele Kränkungen und Verletzungen in einem so jungen Leben. Sie schilderte einen karrierefixierten Vater, der sämtliche Personen um sich herum wie Schachfiguren in seinem Spiel verwendete. Ein Fixstern, der nach Belieben Menschen benutzte, leuchten ließ, zum Verglühen brachte. Ein Narziss, um dessen Liebe sie dennoch gekämpft hatte. Ihr ganzes Leben lang.

Ich scannte beim Zuhören mein eigenes Verhalten ab nach möglichen Anzeichen, ob ich mich meinen Kindern gegenüber womöglich selbst gelegentlich so verhielt. Im Geist notierte ich meine SC-Begeisterung, der die Familie manches opfern musste. Außerdem fiel mir mein Beharren auf meinen Jogging-Terminen ein. Ich gehe normalerweise zu festen Zeiten joggen, egal, was sonst gerade ansteht. Ich nahm mir vor, all dies in der Familie zur Disposition zu stellen. Und vielleicht sollte ich auch weniger über Kirche und Religion spotten. Meine Kinder waren schließlich alle getauft, und Eva-Maria war eine treue, wenn auch kirchenferne Christin. Während mir solche Gedanken durch den Kopf gingen, spürte ich, wie Amos gravitätisch nickte und mir aus der Ferne so etwas wie ein Lächeln schickte.

Regula Reuter erzählte inzwischen, wie sie durch mein erstes Kapitel auf die Idee gekommen war, ihren Vater in die Enge zu treiben. Wie sie, ohne tatsächlich Genaueres zu wissen, die anonymen Briefe geschrieben hatte und heimlich nach Lenzdorf gefahren war, um das Kruzifix zu manipulieren. Ihre Stimme war sehr leise, als sie ihr Vorgehen schilderte: »Ich hatte das Werkzeug aus meiner WG mit dabei, auch eine Flex. Früher, als ich noch in Lenzdorf gelebt habe, war die Rückseite der Kirche unser Jugendtreffpunkt. Als ich klein war, habe ich immer auf dem Spielplatz dort geschaukelt. Kurz bevor ich in die Schule kam, wurde die Kirche innen saniert. Sie haben das Kruzifix rausgetragen. Ich weiß noch, wie beeindruckt ich war, dass es drei Männer brauchte, um den toten Jesus zu tragen. Als sie ihn wiederbrachten, wurde er neu in der Wand verschraubt. Die Verankerung kann man von außen sehen. Mit 15, 16 haben wir zwischen Parkplatz und der alten Schaukel lange Sommerabende verbracht; Elmar hat mal die Vorrichtung untersucht und gesagt, dass es nicht gut gemacht sei, weil jeder Depp, der eine Leiter habe und gutes Werkzeug, das Kruzifix zum Abstürzen bringen könnte. Damals fanden wir das eine lustige Vorstellung, wie das Kreuz plötzlich den Leuten beim Beten entgegenkam, aber natürlich war das nur eine Spinnerei. Dann hat mir Mama neulich erzählt, dass mein Vater den Gemeinderat so lange manipuliert hat, bis er eine Mehrheit für das Internat hatte. Und plötzlich war die Idee wieder da. Die Idee mit dem Kruzifix, das wie ein Gottesurteil donnernd von der Wand fällt. Ich meine, ich kenne – also ich kannte die Merle. Die hat er auch nur ausgenutzt. Mit der Stelle im Internat wollte er sie zum Schweigen bringen. Merle hat meiner Mutter erzählt, was da noch so alles lief – mit dem SC, also mit den Informationen, die er teilweise von Hans hatte und mit denen er alles deichseln wollte – das ist doch krank! Hans hat wohl meinem Vater gegenüber zu viel erzählt. Mein Vater hat ein Talent dafür, Menschen auszuhorchen. Außerdem hat er wohl mal beobachtet, wie eine Aufsichtsrätin eine Schramme in den BMW des Präsidenten gefahren hat und dann Fahrerflucht beging. Er hat dieser Frau einen anonymen Brief geschrieben, der so klang, als sei der Autor einer der anderen Aufsichtsräte. Er wolle über ihre Tat Schweigen bewahren, wenn sie sich bei den anstehenden Entscheidungen immer nach seinem Votum richte. Und dem betreffenden Kollegen hat er wiederum einen anonymen Brief geschrieben, der diesem nahelegte, für meinen Vater zu stimmen, weil der sich für ihn eingesetzt habe. Und so weiter. Ein ganzes Netz aus Lügen, Angst und Abhängigkeiten. Als ich das gehört habe, habe ich mir vorgenommen, Elmars Untersuchung von damals nachzuprüfen. Und dann bekam ich im Praktikum am gleichen Tag das erste Kapitel mit dem Kruzifix zu lesen. Das hat mich elektrisiert. Mein Entschluss stand fest. Ich musste das einfach ausprobieren. Meine Idee war, eine Art heiligen Schrecken auszulösen. Und damit die Leute in Lenzdorf aufrütteln. Dass Hans Delpe dabei stirbt, wollte ich nicht. Das tut mir leid. Ich hatte nichts gegen ihn.«

Ich konnte nicht mehr weiter zuhören. Die vielen Informationen verbanden sich in meinem Kopf mit meinem Skript und verwirrten mich zusehends.

Der Rechtsanwalt schrieb auf einem Block mit, das verwirrte mich auch – hatte der nichts Elektronisches? Beim Stichwort »SC« hatte er aufgehört zu schreiben. Als Regula eine Pause machte, bat er darum, draußen einen Anruf machen zu dürfen. Er wartete jedoch die Reaktion Walters gar nicht ab, sondern ging mit schweren Schritten nach draußen, ein iPhone in der Hand.

Drinnen sagte niemand mehr was. Wir hörten Ertel draußen in sein Handy sprechen. Anscheinend durchlief er mehrere Verbindungsinstanzen, aber dann irgendwann sprach er am Stück. Viel und schnell. Und dann hörten wir, wie er sich aufregte. »Waas?«, hörten wir ihn auf dem Korridor schreien. »Bestechung? Und Erpressung?!« Er brüllte.

Drinnen wählte Walter jetzt auch ein paar Zahlen. So wenige, dass es eine Verbindung innerhalb des Reviers sein musste – ich war irgendwie stolz, dass mir das auffiel. Der Kommissar fragte anschließend nur knapp in den Hörer: »Ist er da?«, und ein paar Sekunden später: »Schicken Sie ihn sofort rein.«

Wer fehlte denn jetzt noch? Reuter war abgeführt, der Priester tot, der Anwalt im Gespräch. Aber beinahe zeitgleich mit dem Klopfen und Öffnen der Tür fiel es mir ein: der Diakon!

Ich war plötzlich aufgeregt. Beim Schreiben hatte ich mir eine bestimmte Vorstellung von diesem Mann gemacht, und ich war neugierig, wie er »in Wirklichkeit« aussah.

Um es kurz zu machen: Ich wurde enttäuscht. Er hatte keine Sascha-Hehn-Mähne, sondern kurz geschnittenes, etwas krauses, novemberlaubbraunes Haar. Seine Hände waren keineswegs schmalgliedrig mit langen Fingern. Das waren Praktikerhände. Unwillkürlich suchte ich nach Spuren von Kettenschmiere daran. Aber vermutlich hatte er gar kein Fahrrad. Sein Körper war gedrungen, eher unsportlich. Sein Kleidungsstil war das, was ich gerne »geistliches Shuffle-Modell« nenne. Dieser Phänotyp ist eigentlich konfessionell ungebunden, aber in der Regel auf jeden Fall männlich: Eine sich in Textilien manifestierende Unbekümmertheit in Bezug auf die äußere Erscheinung. Tatsächlich bewegte er sich auch unbekümmert, was ein weiterer Unterschied zu »meinem« Diakon war, den ich mir dynamisch und irgendwie federnd in seinen Bewegungen vorgestellt hatte.

Ich steckte mit meinen Beobachtungen noch mittendrin, da begann Walter schon so eine Art Verhör mit ihm. In welchem Verhältnis er zum Priester und Merle gestanden hatte, wie er zu Reuter stehe, zur Haushälterin Bendig und so weiter. Fischer antwortete knapp und wenig aufschlussreich. Der Priester sei eine Respektsperson für ihn gewesen, mit Merle habe er eine aufrichtige und platonische Freundschaft gepflegt, von Reuter habe er noch nie etwas gehalten, und Martha Bendig sei eine treue, aber etwas einfältige Seele. Ich hätte gerne gefragt, wie er mit den Jugendlichen klarkam, die ministrierten, aber mir leuchtete ein, dass es nicht an mir war, Fragen zu stellen. Ich überlegte, worauf der Kommissar eigentlich hinauswollte. Ich musste nicht lange warten: »Wann haben Sie die Erpressungs- und Bestechungsversuche Reuters entdeckt?«, fragte Walter ganz direkt.

Als sei das sein Stichwort, kam Ertel wieder rein. Kalkweiß im Gesicht. Ein geplatztes Äderchen im linken Auge gab ihm ein gespenstisches Aussehen. Vielleicht hatte er einen zu hohen Blutdruck.

Fischer antwortete nicht sofort. Stattdessen begann der Rechtsanwalt, ungefragt zu reden: »Ich lege das Mandat für Eberhard Reuter nieder. Wenn es erwünscht ist, kann ich mich um einen Pflichtverteidiger kümmern.«

Walter schüttelte ernst den Kopf und nuschelte, dass Reuter gefragt werden müsse, ob er einen anderen Anwalt anrufen wolle. Dann wandte er sich wieder dem Diakon zu. »Wann?«, fragte er.

Der Anwalt wischte sich mit einem Stofftaschentuch den Schweiß von der Stirn und ging Richtung Tür. Aber zwei Schritte von der Klinke entfernt, drehte er sich sehr plötzlich wieder um und setzte sich auf den nächstbesten Stuhl.

Walter kümmerte sich nicht um Ertels weitere und nunmehr unzulässige Anwesenheit; genauso wie er mich vergessen zu haben schien. Er stierte Fischer an, der immer noch schwieg.

»Ich weiß es nicht mehr genau«, sagte er schließlich. »Merle hat es entdeckt – da lagen wohl Konzeptbriefe bei Reuter rum. Sie hat ziemlich schnell kapiert, dass das keine normalen Briefe unter Vorstandskollegen waren. Als sie ihn damit konfrontiert hat, kam er auf die Idee, ein Internat zu bauen, in dem sie Konrektorin werden sollte. Sie hat über das Angebot nachgedacht. An ihrer Schule hat sie sich nicht sonderlich wohlgefühlt. Aber sie hatte dann doch zu viel Skrupel, um sich auf so einen Deal einzulassen. Weil sie nicht wusste, wie sie damit umgehen soll, hat sie sich mir anvertraut. Schließlich ist Pfarrer Delpe ja mit Bürgermeister Reuter befreundet.«

Walter hörte mit unbewegter Miene zu. Ich spürte einen Stich in der Magengrube, als Fischer sagte, dass Merle sich an der Schule nicht wohlgefühlt hatte. Daran hatte ich definitiv einen Anteil.

Während Fischer dem Kommissar erzählte, wie er Merle darin bestärkt hatte, Reuter klarzumachen, dass Erpressungsbriefe an SC-Vorstände völlig inakzeptabel seien, driftete ich in Gedanken ab. Mir wäre bei meinem Plot nie eingefallen, meine Pfarrersnichte ermorden zu lassen. Als mir das klar wurde, war ich auf merkwürdige Weise erleichtert. Fast als ob es diese Erkenntnis gebraucht hatte, um mich Merle gegenüber weniger schuldig zu fühlen. Ich hörte wieder, was Walter mit Fischer redete.

»… dass Sie das Blut aus dem Auto entwendet haben?«, beendete Walter gerade eine Frage.

Fischer rutschte auf seinem Stuhl herum. Ich beobachtete, wie sich zwischen den kräftigen Augenbrauen kleine Schweißperlen bildeten. Seine Praktikerhände umklammerten die Sitzfläche des Stuhls. Er schien nicht antworten zu wollen.

Walters Miene blieb völlig unbewegt. Er setzte neu an: »Sie haben das Schweineblut über den Altar gegossen und mit brachialer Gewalt auf den Altar eingewirkt, weil Sie Merle Rothenbacher helfen wollten, den Druck auf Reuter zu erhöhen.«

»Nein«, keuchte Fischer endlich. »Es war ganz anders. Ich habe mit der Altarschändung nichts zu tun. Ich bin Diakon, ein Mann der Kirche.« Seine linke Hand löste sich von der Sitzfläche und massierte kurz das linke Ohr. Dann sprach er weiter: »Wie könnte ich einen Altar zerstören? Ich erzähle Ihnen, wie es war: Merle hat an jenem Freitag vergessen, das Schweineblut wirklich ins Auto zu laden. Sie hat es versehentlich beim Metzger stehen lassen. Als ich das bemerkt habe, wollte ich es ihr bringen und habe den Eimer mitgenommen. Aber auf dem Weg zu ihr kam mir die Idee, das Blut Reuter vor die Tür zu stellen. Einfach so, im Eimer. Als Metapher für seine unsauberen Geschäfte.« Der Diakon schaute kurz auf, dann redete er weiter: »Ich bin normalerweise nicht so mutig, aber diese Idee hat mich plötzlich ganz kribbelig gemacht. Also hab ich den ganzen Eimer mit dem Blut vor seiner Haustür abgestellt. Auf dem Deckel des Plastikeimers war noch der Aufkleber von dem Kartoffelsalat, der da mal drin gewesen war – ›Fünf Kilogramm Kartoffelsalat! Köstlich, lecker, delikat‹, das stand da drauf. Ich weiß noch genau, wie ich mir vorgestellt habe, was der Reuter für ein Gesicht macht, wenn er den Deckel öffnet und statt Kartoffelsalat nur Blut darin findet.« Jetzt löste sich auch seine rechte Hand. Um seine Mundwinkel deutete sich ein Lächeln an. Er holte hörbar Luft und erzählte etwas schneller: »Aber ganz ehrlich: Ich hab den Eimer nur abgestellt und mich dann nicht mehr weiter darum gekümmert; ich bin nach Hause. Was dann mit dem Blut passiert ist, weiß ich nicht.«

Walter nickte und sah zufrieden aus, obwohl das Rätsel um den Altar damit noch längst nicht gelöst war. Er hatte allerdings noch eine weitere Frage: »Und wann haben Sie das letzte Mal mit Frau Rothenbacher gesprochen?«

Der Diakon antwortete nicht sofort, er überlegte. »Ich glaube«, sagte er schließlich, »erst am nächsten Tag, als sie von der Schule zurückkam. Sie kam bei mir vorbei und war völlig außer sich. So ein – wie hat sie sich ausgedrückt? Ein Metrosexueller? Ja, so ein metrosexueller Kollege habe ihr das Blut aus dem Auto geklaut, weil er sie hasse. Und dann hätte er auch noch so getan, als sei er es nicht gewesen. Sie hat getobt. Ich hab bestimmt 'ne Viertelstunde gebraucht, um ihr klarzumachen, dass der Kollege nichts mit dem Blut zu tun hatte. Sie war wie besessen von der Idee mit dem blöden Kollegen.«

Ich erstarrte. Metrosexuell?! Wollte sie damit sagen, ich sei ein Softie?! Aber immerhin – sie hatte noch vor ihrem Tod erfahren, dass ich ihr das Blut nicht geklaut hatte. Dass der metrosexuelle Kollege also vielleicht doch nicht so ein Arsch war.

Metrosexuell ... Dass Merle diesen Begriff überhaupt kannte! Mich überspülten mehrere, sehr unterschiedliche Gefühlswellen.

Walters Stimme schnitt sich durch meine Konfusion: »Wie ging das Gespräch aus? Wie lange war sie bei Ihnen?«

Der Diakon redete weiter, als hätte er die Frage nicht gehört. »Ich meine, es hat echt gedauert, bis ich ihr klargemacht hatte, dass sie das Blut beim Metzger gar nicht mitgenommen hatte, und dass ich es dann Reuter vor die Tür gestellt hatte. Als sie es endlich kapiert hat, hat sie kein Wort gesagt. Sie hat ihre Jacke genommen, ist rausgestürmt und hat die Tür hinter sich zugeworfen. Dann habe ich sie nicht mehr gesehen.«

Den letzten Satz hatte er beinahe geflüstert, und erst jetzt sah ich, dass er aschgrau im Gesicht war.

Kommissar Walter räusperte sich. Er drehte sich zu Regula Reuter: »Erzählen Sie uns noch, wie Sie auf die Idee kamen, den Altar so zu bearbeiten?«

Regula schaute Walter an, strich sich die Haare aus der Stirn und antwortete ohne zu zögern. »Ich wollte noch einen anonymen Brief bei meinem Vater einwerfen und habe den Kartoffelsalateimer entdeckt. Ich fand das komisch – Kartoffelsalat isst er höchstens im Stadion oder auf Gemeindefesten. Und fünf Kilogramm? Völlig unglaubwürdig. Also hab ich den Deckel geöffnet und reingeschaut. In dem Moment, in dem ich registriert hatte, dass das Tierblut sein musste, hatte ich sofort die Idee mit dem Altar. Ich hatte ja das Kapitel mit der Altarexplosion gelesen.

Im Auto war noch die Flex aus der WG. Alles schien ganz einfach. Der Eimer war nicht so schwer, war ja nur zu einem Drittel gefüllt. Ich bin mit dem Eimer in der einen und dem Flexkoffer in der anderen Hand in die Kirche. Niemand hat mich gesehen, und die Kirche war leer. Zuerst habe ich versucht, einen Riss in den Altar zu flexen. Aber der Stein war zu hart oder zu massiv. Ich weiß nicht. Ich konnte nur einzelne Brocken rauslösen.«

Regula stockte, dann schaute sie nach unten, als könnte sie auf dem PVC-Boden ihre Erinnerung ablesen: »Dann wird der Akku schwächer. Ich ärgere mich, dass ich nicht mehr zerstören kann und ramme die Flex mit aller Kraft in den Stein. Aber es passiert nicht viel. Der Stein bröckelt nur, ich kann ihn nicht zerstören. Zum Glück habe ich das Blut. Ich nehme den Eimer und verteile es langsam und sorgfältig. Aber dadurch sieht es zu symmetrisch aus. Also kippe ich den ganzen Rest über die linke Ecke. Dann fällt mir ein, dass ich die Bibel noch bei Amos aufschlagen könnte. Ich finde sofort die Stelle mit der Altarvision. Mit meinem Lippenpinsel kann ich Blutreste aus dem Eimer aufnehmen und eine Art Rahmen um die Bibelstelle ziehen. Jetzt geht es, denke ich. Ich gehe aus der Kirche und achte darauf, bis zum Auto niemandem zu begegnen. Den Pinsel habe ich unterwegs in einen Container geworfen. Den Eimer auch.«

»Erinnern Sie sich, wo Sie die Sachen eingeworfen haben?«, fragte Walter.

Die Antwort interessierte mich nicht. Ich ging. Niemand hielt mich auf. Der Kommissar schaffte es, mir aus den Augenwinkeln zuzulächeln.

Ich machte große, kräftige Schritte. Es war nicht weit bis nach Hause, und ich machte mir gar nicht erst die Mühe, meine Eindrücke zu sortieren.

25. KAPITEL (DONNERSTAGABEND)

Ich schloss die Wohnungstür auf und spürte sofort, dass niemand zu Hause war.

Wie aufgezogen ging ich in mein Arbeitszimmer, schaltete den PC ein und öffnete die Datei mit dem Namen »Amos«.

Jetzt.

Ich musste meine Geschichte jetzt zu Ende bekommen, um frei davon zu werden.

Ohne nachzudenken, begann ich zu schreiben. Satz für Satz floss in die Tasten. Mir kam die Assoziation an die Schreibautomaten im 18. Jahrhundert, und für einen Moment flimmerte die Idee eines historischen Krimis durch mein Bewusstsein. Aber ich ließ den Gedanken vorbeiziehen und konzentrierte mich auf Amos.

Meinte saß an seinem Schreibtisch auf der Dienststelle. Er hatte den Kopf in die Hände gestützt und sah stumpf vor sich hin. »Jetzt haben wir die Anzeige klar gegen Schultes wegen Amtsmissbrauch, und wir wissen, wie er seinen privaten Luxus finanziert. Aber keinen der beiden Morde können wir ihm nachweisen.«

»Immerhin«, ergänzte Klume, »gibt es Anzeichen dafür, dass er auch noch in Darknetgeschäfte verwickelt war. Aber, ich geb's zu, das ist kein Mordmotiv. Höchstens wenn Stolze dahintergekommen wäre. Nur gibt es dafür keine Anzeichen. Diese Beicht- und Buße-Mail reicht dafür nicht aus.«

Sie stand hinter Meinte und studierte zum 99. Mal die Fotos ihres Falls, die an einer Wand angebracht waren: der Priester unter dem Kruzifix, der Post-it-Zettel, der atomisierte Altar, die Kirchentür mit der Kreideaufschrift, die Kletterhilfe auf der Rückseite der Kirche, die tote Berta Bruns, die blutig markierte Bibel. Daneben Fotos von den verhörten Personen: Diakon Stefan Schultes, Organist Ralf Fünfgeld, der leicht debile Alois Heger, Witwe Magda Weber, Witwe Edelgard Nolte, Metzger Georg Peters, der Tourist Thomas Lahn, die beiden Ministranten Lena und Johannes.

»Und wenn wir auf der völlig falschen Spur sind?« Klume machte ein paar Schritte in Richtung ihres Schreibtischs. »Wenn wir nicht einen, sondern zwei Täter haben? Irgendeiner tötet Hans Stolze, ein anderer springt als Trittbrettfahrer auf die Amos-Nummer auf, sprengt den Altar und bringt dann noch Berta Bruns um ...«

»Aber warum? Wir haben weder für den Mord an Stolze noch für den an Bruns irgendein vernünftiges Motiv. Und der Altar hat ja wohl auch niemandem was getan!« Meinte schüttelte den Kopf. Dann stand er mit einem tiefen Seufzer auf und starrte nun selbst auf die Bilder.

»Dieser Post-it-Zettel an dem Kruzifix«, überlegte er laut, »den kriegt man doch eigentlich gar nicht ohne Leiter an den Querbalken dran. Gab es in der Kirche eine Leiter?«

»Hab zumindest keine gesehen. Aber die hätte der Täter ja auch mitbringen können. Oder – meinen Sie, der Zettel hat am Ende gar nichts mit der Manipulation zu tun?«

Meinte zuckte mit den Schultern: »Wäre ja immerhin möglich. Der zweite Hinweis auf Amos wurde laut Grüning jedenfalls erst nachträglich auf die Kirchentür geschrieben. Aber warum klebte dann der Zettel da?«

Klume öffnete den Schrank hinter ihrem Schreibtisch und nahm die in Plastik verpackten Indizien heraus. Sie kam auf Meinte zu und hielt die Tüte mit dem Post-it-Zettel in der Hand.

»Am 5,21–24. Es könnte aber auch ›Am 5. 21–24‹ oder ›Am S, 21–24‹ heißen, oder?«

Meinte schaute interessiert auf das Beweisstück. Er begann, laut nachzudenken: »Der Zettel klebte auf der Rückseite des Längsbalkens. Er kann nicht schon ewig da geklebt haben, Post-it-Zettel fallen irgendwann ab. Wie lange hält so ein Zettel? Zwei Wochen, zwei Monate?«

Seine Kollegin hatte noch einen anderen Gedanken: »Wie kommt der Zettel überhaupt da hin? Das

Kruzifix hing doch vermutlich so an der Wand, dass die Rückseite des Holzes die Wand berührte. Dann kam aber niemand dran! Seit wann gibt es Post-it-Zettel, Meinte?«

Meinte schaute sie verständnislos an, dann begriff er und begann per Smartphone zu recherchieren. Klume blätterte inzwischen im Bericht der KTU.

»Post-it-Klebezettel gibt es schon seit den 80er-Jahren, aber erst seit ca. 20 Jahren haben sie sich in allen Branchen durchgesetzt. Hilft uns das weiter?«

Klume hatte gefunden, was sie suchte, und drehte sich mit dem Befund in der Hand und einem breiten Grinsen zu ihm um. »Ja, das hilft uns weiter! Vor genau 17 Jahren ist laut Versicherungsbericht der Innenraum der Kirche auf sicherheitstechnische Mängel untersucht worden. Die Firma hieß oder heißt AmS, ›Assekuranz mit Sicherheit‹ – was für ein bescheuerter Name.«

Meinte gab den Namen in sein Smartphone ein. Das Ergebnis kam sofort: »Es gibt sie noch. Eine Firma in Freiburg. Fahren wir hin?« Aber Amrei Klume hatte sich schon ihre Jacke geschnappt und war durch die Tür.

Zwei Stunden später war klar, dass tatsächlich die Firma AmS die Kirche gründlich untersucht hatte. Glücklicherweise existierten im Keller der Firma noch die alten Ordner mit den Aufträgen vergangener Zeiten. Daraus ging hervor, dass die Gemeinde damals aus Kostengründen jedoch mit eigenen Kräften Altar, Ambo und Kruzifix abgeschraubt hatte. Der Post-it-

Zettel stammte von der Abschraubaktion damals; in dem Brief der Firma an die Gemeinde war als Wartungsdatum der Zeitraum zwischen dem 21. und 24. Juli angegeben worden. Und beim Wiederanbringen des Kruzifixes hatte offensichtlich niemand daran gedacht, den Zettel wieder abzunehmen …

Blieb die Frage, woher der Altartäter von diesem Zettel gewusst haben konnte! Als Grüning ihnen den Zettel gezeigt hatte, war sonst niemand mehr in der Kirche gewesen.

Dann erinnerte sich Amrei Klume: »Schultes! Schultes wusste davon! Du hast mir an dem Tag, als der Altar explodierte, von deinem Gespräch mit Schultes erzählt und dass du ihn gefragt hast, ob Amos eine besondere Bedeutung bei ihnen hätte!«

Sie war so aufgeregt, dass sie das »Du« nicht bemerkt hatte.

Meinte tat so, als hätte er es ebenfalls nicht bemerkt. Er legte Wert auf feine Unterschiede. Für ihn drückte sich in der Wahrung der Höflichkeitsform seine große Hochachtung für die Kollegin aus. Keine Kumpelhaftigkeit im Beruf. Souverän ging er darüber hinweg. »Richtig! Schultes wusste Bescheid. Und Grüning hat noch erzählt, dass der ihn nach der Altar-Spurensicherung in ein lapidares Gespräch verwickelt hat. Er ist also da gewesen! Aber was bedeutet das? Hat Schultes unsere Amos-Fantasie weiterverwendet, um die Altarsprengung aussehen zu lassen, als gehöre sie zu dem Anschlag auf Stolze? Wollte er damit jemanden decken, von sich selbst ablenken oder jemand Bestimmten in Verdacht bringen? Was soll dieser Amos im Schwarzwald? Ich versteh's nicht, ich hab einen Knoten im Gehirn!« Er ließ sich auf seinen Bürostuhl plumpsen, stieß sich mit den Füßen ab und drehte sich zweimal im Kreis.

Klume blieb gelassen: »Lassen Sie uns noch mal zusammentragen: Eine Manipulation am Kruzifix sorgt dafür, dass der liberale Pfarrer Hans Stolze bei der Frühmesse erschlagen wird. Ob das Absicht war oder nicht, wissen wir noch nicht. Stolze lebte in einer engen, aber vermutlich platonischen Gemeinschaft mit seiner Haushälterin Berta Bruns, die einerseits mit ihm Stundengebete singt und andererseits einen sehr weiten Horizont hat. Der Diakon Schultes war ebenfalls im Gottesdienst tätig, das Kruzifix hätte auch ihn treffen können. Immerhin wissen wir inzwischen, dass er seine Stellung als Mann des Glaubens ausnutzt und ältere Frauen – und vielleicht ja auch andere – dazu bringt, ihm regelmäßig Geldbeträge in bar zu geben. Die Überprüfung seiner Konten und PC-Daten wird uns da vielleicht mehr Klarheit bringen. Außerdem könnte Schultes schwul sein, jedenfalls kann man die Aussage des Ministranten so deuten. Eventuell ist er ihm auch zu nahegekommen. Allerdings findet dieser Johannes seinerseits Frauen blöd und vielleicht deshalb den Diakon cool. Als Nächstes explodiert der Altar – zu einer Zeit, in der jedoch niemand gefährdet ist. Im Nachhinein findet sich ein Hinweis auf ein Amos-Zitat an der Tür, der aber nicht von der verursachenden Person stammen muss. Dann wird die Haushälterin Berta Bruns umgebracht, dieses Mal in direkter Verbindung mit einem Amos-Zitat. Tatsächlich ist das die erste echte Mordtat, und sie ist aufwendig und kaltblütig inszeniert, anders als die beiden Vorkommnisse in der Kirche. Aber welches Interesse könnte der Diakon am Tod der Haushälterin haben? Dass er eventuell nichts von Frauen hält, ist dann doch zu wenig ...« Sie war immer leiser geworden beim Sprechen und starrte vor sich hin.

Meinte räusperte sich, sie drehte sich direkt zu ihm um. Er begann vorsichtig zu sprechen: »Als Sie mit Schultes den Schlüssel zur Priesterwohnung holen waren, hab ich mir noch mal Schultes Wohnung angeschaut. Mir ist damals ein roter Schal aufgefallen, ein Schal, den ich wenige Tage vorher am Hals von Ann-Katherine, der Nichte des Pfarrers gesehen hatte.« Er verstummte. Hörbar irritiert fragte er: »Ob es auch Diakone gibt, die bi sind?«

»Es muss ja keine Liebesbeziehung sein, die die beiden verbindet – nicht immer so unterleibsorientiert denken, Kollege! Was ist eigentlich mit dieser Nichte? Haben Sie mit ihr geredet?«

Meinte wurde erst rot, dann blass. »Wir haben sie vergessen! Ich dachte ... hatten wir nicht verabredet, dass Sie ... also, ich war nicht bei ihr!«

Zwei Stunden später saßen sie beide auf dem Sofa, auf dem auch Berta Bruns an dem Abend, bevor sie ermordet wurde, gesessen hatte. Ann-Katherine

Pleschke hatte Ingwertee in großen Tassen vor die beiden gestellt und strich sich mit einer energischen Geste die Haare hinters Ohr.

»Stefan Schultes? Der ist mir ein guter Freund. Also, nicht, wie Sie vielleicht denken. Er wird ja bald zum Priester geweiht, außerdem bin ich verheiratet. Aber wir verstehen uns sehr gut, ich bespreche manchmal den Religionsunterricht für die Oberstufe mit ihm.«

»Ähm«, Meinte suchte nach den richtigen Worten, »assistieren Sie ihm manchmal auch bei Messen?«

Die Lehrerin schaute ihn sichtlich irritiert an: »Wie meinen Sie das? Stefan ist noch nicht geweiht. Er darf noch gar keine Messe feiern. Außerdem gibt es ja die Ministranten als Messdiener. Oder haben Sie das anzüglich gemeint? Ich habe es Ihnen doch schon gesagt: Wir haben keine Liebesbeziehung.«

»Das habe ich verstanden, danke. Stefan Schultes hat uns gegenüber ausgesagt, dass Sie vor allem geistliche Gespräche führen. Wie passt das zu Ihrer Aussage über das Besprechen von Unterricht?« Meinte beobachtete interessiert, wie Pleschke plötzlich ihre volle Teetasse sinnlos hin und her schob.

»Auch Religionsunterricht hat eine geistliche Komponente, wenn Sie wollen. Wahrscheinlich dachte Stefan, dass Sie ihm nicht glauben, wenn er von Unterrichtskonzepten spricht.«

»Nun ja, wenn das so ist, werden wir wohl bald auch in Herrn Schultes' Computer Hinweise darauf finden.« Meinte lehnte sich zurück. Er genoss die plötzliche Irritation in den Augen seiner Gesprächspartnerin und setzte zu einer neuen Frage an.

Klumes Handy meldete per Signalton eine eingehende Nachricht. Sie warf einen Blick auf das Display, stutzte und ging eine Entschuldigung murmelnd mit dem Handy vor die Tür.

Meinte hörte, wie sie telefonierte und »ach ja!«, »sehr interessant« und »bitte schicken Sie mir die Datei aufs Handy« sagte.

Inzwischen redete Meinte weiter: »Lassen wir das mit Herrn Schultes. Ich habe weitere Fragen an Sie: Als Nichte von Hans Stolze müssten Sie ja auch mit Berta Bruns gut bekannt sein. Wie ist Ihr Verhältnis?«

»Welches? Meins zu Berta oder das zwischen meinem Onkel und Berta?« Sie hatte sich wieder gefasst und lächelte milde.

»Beide!« Meinte richtete sich wieder auf. In diesem Moment kam seine Kollegin zurück in den Raum und setzte sich. Er sah ihr an, dass sie wichtige Neuigkeiten hatte und sich beherrschen musste, nicht damit rauszuplatzen.

Aber in diesem Moment antwortete Ann-Katherine Pleschke mit sanfter Stimme: »Hans war mein Patenonkel. Er ist, er war, der älteste Bruder meines Vaters. Ich habe ihn sehr gemocht. Wir haben ihn manchmal mit in die Berge genommen. Und mindestens einmal die Woche habe ich ihn auf einen Tee besucht. Und Berta – ja, die ist die sprichwörtliche Perle im Haushalt und gleichzeitig die gute Seele. Sie kommt immer mal wieder bei mir vorbei. Und wenn ich Onkel Hans besuchte, war sie selbstverständlich auch da. Ehrlich gesagt weiß ich selber nicht, was das nun war mit den beiden. Jedenfalls ist Berta seit Hans' Tod völlig außer sich. Sie tut mir leid.«

»Ja, das sollte sie auch. Sie ist nämlich tot.« Meinte beobachtete genau, wie sie auf seine Worte reagierte. Kaum wahrnehmbar hob sie die Augenbrauen, dann legte sie den Kopf ein wenig schief und sah ihn einfach fragend an.

»Kein Kommentar?«, fragte der Kommissar.

»Tot? Ein Unfall? Oder – hat sie sich selbst getötet? Sie war so ungehalten gestern ...«

»Weder noch. Haben Sie sie denn gestern gesehen?«, fragte Meinte so gelassen wie möglich.

»Ja«, die junge Frau rieb sich ein Ohrläppchen, »sie kam irgendwann nach zehn abends vorbei und redete krudes Zeug. Sie war völlig durcheinander. Gegen halb elf habe ich sie gebeten zu gehen. Ich habe ihr gesagt, sie solle für ein paar Tage zu Verwandten.«

Wieder strich sie sich eine Haarsträhne hinters Ohr und starrte eine Weile mit leerem Blick auf die Tischplatte.

Dann sah sie Meinte fragend an. »Wie?«, sagte sie nur, als er auf ihren Blick nicht reagierte.

Meinte schwieg.

Schließlich stützte sie ihren Kopf in die Hände und seufzte tief. »Warum sind Sie hier?«, fragte sie leise. »Meinen Sie, ich wäre in der Lage, Berta Bruns umzubringen? Oder Stolze?«

»Bleiben Sie bitte in den nächsten Stunden erreichbar. Es kann sein, dass wir Sie aufs Präsidium bestellen.«

Meinte hatte sich bereits erhoben, als Pleschke ihm die Hand auf den Arm legte und eindringlich zu reden begann: »Wenn Sie Stefans PC untersuchen, werden Sie herausfinden, dass wir nicht nur Religionsunterricht besprochen haben. Wir haben mit Bitcoins gehandelt, illegal. Es war Stefans Idee. Das Geld kam von verschiedenen Leuten, denen Stefan Angst gemacht hat vor Höllenqualen und so was. Ich gebe zu, dass ich auch beteiligt war. Aber nur bei den Internetgeschäften. Sie können das als Geständnis aufnehmen. Das Geld hat Stefan eingetrieben. Ich habe jeweils 30 Prozent von den Gewinnen bekommen, weil ich die Logistik übernommen habe. Aber wir haben niemanden ermordet. Nie hätte ich gegen meinen Onkel die Hand erhoben oder gegen Berta. Bitte, glauben Sie mir. Bitte!«

»Wir werden sehen. Wir melden uns wieder bei Ihnen. Bitte halten Sie sich zu unserer Verfügung.« Mit einer angedeuteten Grußbewegung befreite sich der Kommissar von dem fremden Arm und machte entschlossene Schritte zur Tür, wo seine Kollegin ihn ungeduldig erwartete.

»Was gibt's?«, fragte er, als sie das Haus verlassen hatten.

»Ein Kinderstreich!« Klume schaute ihn erwartungsvoll an. »Amos – ein Kinderstreich! Amos ist Pflichtthema in der neunten Klasse.«

Ungläubig starrte Meinte seine Kollegin an: »Der Ministrant?«

Sie lächelte: »Klug kombiniert!«

»Aber warum?«, fragte er, immer noch fassungslos.

»Einfach, weil es so gut passte!«

»Nur die Kreideaufschrift oder auch Stolze und Bruns? Ich würde gerne noch zwei Sätze mehr dazu hören!« Meinte blieb mitten auf dem Gehweg stehen.

»Ja, klar, sofort. Wir sind gerade auf dem Weg zu unserem Prophetenjünger. Schauen Sie – die nächste links … und jetzt das Haus mit der blauen Tür, Nummer 7.« Sie klingelte am unteren Namensschild, ein Summer ertönte, Klume drückte die Tür auf, sie betraten das Haus.

Johannes stand mit gesenktem Kopf in der Diele, neben ihm seine Mutter – auffallend blass.

Sie begann zu sprechen: »Er hat es mir erzählt, vorhin, und ich hab sofort bei der Polizei angerufen. Die haben Sie dann gleich informiert? Gut, dass Sie jetzt da sind. Johannes ist sehr beschämt. Er hat nicht gewusst, was er tut. Er …« Sie wusste nicht mehr weiter.

Klume nutzte die Gelegenheit, Johannes direkt anzusprechen: »Es ist gut, dass du es erzählt hast, Johannes. Können wir uns hier irgendwo ungestört unterhalten?«

Johannes drehte sich zur Seite und ging ein paar Schritte auf eine Zimmertür zu, das Ermittlungsduo folgte.

Meinte bedeutete Johannes' Mutter mit einer Handbewegung, sie alleine zu lassen.

Johannes' Zimmer war in düsteren Farben gehalten. Ein riesiger Globus war das einzige farbige Element, was ihn wie eine Insel erscheinen ließ. Klume registrierte aus den Augenwinkeln die Abenteuerbücher und die Legobausätze in den Regalen, Meintes Blick blieb an einem Kruzifix über dem Schreibtisch hängen.

Johannes zeigte auf eine kleine Couch und setzte sich dann den beiden gegenüber auf die Bettkante. Er starrte auf den Globus in der Zimmermitte. Seine ersten Worte waren nur ein Flüstern; die beiden hatten Mühe, ihn zu verstehen.

»... wie das angefangen hat. Ich wollte ihm imponieren. Er hat mir erzählt, dass da ein Zettel auf dem Kruzifix gewesen war, mit einer Amos-Stelle. Ich hab die Stelle nachgelesen. Ich kenn mich ganz gut aus mit Amos. Also mit dem Propheten. In der Reliarbeit war ich der Beste.«

Seine Stimme war immer noch leise. Als er kurz aufschaute, lag ein Staunen in seinem Blick, fand Meinte. So als hätte er erst heute begriffen, was geschehen war.

»Ich bin auch gut in Chemie. Ich hab den Sprengsatz gebastelt. War gar nicht so schwer. Nur wusste ich noch nicht, wo ich den Hinweis auf Amos verstecken sollte. Sollte ja nicht von der Explosion beschädigt werden. Ich wollte das unbedingt noch wo hinschreiben. Aber Sie waren so schnell in der Kirche nach der Explosion. Ich hatte mich hinter dem Brunnen versteckt. Um ein Haar hätten Sie mich entdeckt. Dann waren Sie wieder weg und Stefan hat mit dem Typ von der Untersuchung geredet. Das war meine letzte Chance. Ich hab mich angeschlichen und einfach mit Kreide an die Tür gekritzelt. Und dann bin ich weggerannt. Ich hab mir nicht so viel dabei gedacht.«

Er schwieg. Klume und Meinte schwiegen auch.

Dann hob Johannes den Kopf: »Doch. Natürlich hab ich mir was dabei gedacht. Ich wollte, dass alle denken, Pfarrer Stolzes Tod sei ein Gottesurteil gewesen.«

Seine Stimme war jetzt noch leiser. »Ich wollte, dass irgendwer nachforscht und herausfindet, dass er und seine Haushälterin ein Verhältnis hatten. Und dass er so verdammt liberal war …«

Die Kommissarin schaute ihn direkt an: »Wer hat dir erzählt, dass die beiden ein Verhältnis hatten?«

Zum ersten Mal hob Johannes den Blick. Überrascht. »War doch klar, oder? Also beides. Ich meine, warum sonst hätte Hans mit Berta so viel gemeinsam unternehmen sollen? Und sie hat doch auch bei ihm gewohnt!«

Seine Augenlider flatterten. Meinte wurde klar, dass dem Jugendlichen zum ersten Mal der Gedanke gekommen war, einem Gerücht aufgesessen zu sein.

»Johannes, hab ich dich richtig verstanden?«, fragte Klume in die Sprechpause hinein. »Du hast von Stefan Schultes erfahren, dass an dem herabgestürzten Kreuz ein Zettel mit einem Hinweis auf Amos war. Daraufhin hast du dir die Sache mit dem Altar ausgedacht und ohne jemanden einzuweihen durchgeführt, als du wieder aus dem Krankenhaus zurück warst?«

Johannes nickte und starrte auf seinen Globus.

»Und was ist mit dem Kruzifix in der Kirche? Hast du gewusst, dass die Verankerung locker ist? Weißt du, wer dafür gesorgt hat, dass es runterfällt?«

Der Junge schüttelte den gesenkten Kopf. Mit dem Fuß kickte er immer wieder gegen die Teppichkante.

»Und der Tod von Berta Bruns – was weißt du darüber?«

»Sie war schon tot.«

»Sie war schon tot, als du Stefan Schultes besucht hast?« Klume fragte leise, behutsam. Meinte war gespannt, wie Johannes auf diese gewagte These reagieren würde.

»Ja, ich wollte was mit ihm besprechen. Weiß nicht mehr genau, was. Nichts wirklich Wichtiges. Ich bin oft abends noch bei ihm vorbei. Aber er war nicht in seiner Wohnung. Deshalb bin ich hoch zu der Bruns. Manchmal isst er was bei ihr. Aber da war sie schon tot.«

»Wer hat dich reingelassen?«

»Niemand. Ich hab geklingelt und gleichzeitig ausprobiert, ob die Tür auf offen gestellt war. Sie wissen schon – wenn so ein Kläppchen im Schloss nach unten gedrückt wird, dann braucht man die Tür nur aufdrücken. So war's, und so bin ich rein und hab nach Stefan gerufen. Aber dann lag da … – Es sah schrecklich aus. Überall Blut.« Er verstummte und schlug die Hände vors Gesicht.

Sie warteten eine Weile, dann fragte Meinte: »Und dann hat dir Herr Schultes erklärt, was passiert ist?«

Langsam nahm Johannes die Hände weg und sah den Kommissar verblüfft an: »Wieso? Er war ja gar nicht da. Ich war allein in der Wohnung. Stefan konnte mir nichts erklären.«

Meinte und Klume tauschten ihrerseits einen verblüfften Blick. Klume fasste sich als Erste: »Was hast du dann getan, Johannes? Bist du einfach wieder gegangen oder hast du noch etwas verändert dort?«

Johannes starrte sie an: »Ich dachte, Sie wüssten alles!«

Dann stand er auf und ging zu seinem Schreibtisch. Er kroch unter die Schreibplatte und hantierte eine Weile geräuschvoll herum. Als Meinte gerade aufstehen wollte, um nachzuschauen, tauchte er wieder auf. In der Hand hielt er ein mittelgroßes Messer.

»Das steckte in Frau Bruns' Oberkörper. Ich hab's rausgezogen, aber sie war schon richtig tot. Das Messer war blutig. Deshalb kam mir die Idee mit der Bibel. Ich hab sie aus dem Regal genommen, aufgeschlagen und unter ihre Hand gelegt. Dann hab ich das Messer genommen und das Blut daran auf die Textzeilen tropfen lassen. Danach hab ich's eingesteckt. Weil ja jetzt meine Fingerabdrücke drauf waren.«

Johannes stockte für einen Moment und schaute ins Leere. Monoton sprach er weiter: »Eigentlich wollte ich gehen, aber plötzlich war ich wie im Rausch. Das Messer, das Blut, die tote Frau – deshalb hab ich ihr die Unterhose ausgezogen und an den Fuß gehängt. Und die Bluse aufgerissen. Es sollte so aussehen, als ob der Amosmörder da gewesen sei …« Er schwieg.

Das Ermittlungsduo schwieg ebenfalls. Nach einer langen stillen Minute sprach Johannes weiter. »War er's denn?«

»Wer?«, fragten Meinte und Klume wie aus einem Mund.

Ungläubig schaute Johannes von einem zur andern. »Na, Stefan. Deshalb hab ich mir doch überhaupt so Mühe gegeben. Ich wollte nicht, dass Stefan ins Gefängnis kommt wegen der.«

»Warte mal«, Klume sprach sehr langsam, »ich muss dringend mal kurz mit meinem Kollegen alleine sprechen. Wir nehmen jetzt das Messer mit raus und kommen in zwei Minuten wieder rein. Bitte bleib ganz ruhig. Du hast uns sehr geholfen. Und ich glaube nicht, dass du dir um Stefan Schultes Sorgen machen musst. Wir sind gleich wieder da.«

Sie zog Meinte eilig an der Jacke aus dem Zimmer. Draußen stützte sie sich auf eine Zierkommode im Flur. »Ergibt alles Sinn, oder?«

»Ja.« Meinte rieb sich die Stirn. »Ja, Grünings Bericht: Der Einstich war wie selbst verursacht. Berta Bruns hat sich selbst das Leben genommen!«

»Und der Junge hat durch seine Vertuschungsaktion für Verdächtige gesorgt. Dabei gibt es keinen Mörder. Zumindest gibt es keinen Mörder von Berta Bruns!«

Sie gingen wieder in das Jugendzimmer. Johannes saß genauso auf der Bettkante wie zuvor. Er war kreidebleich. »Was passiert jetzt?«, fragte er tonlos.

»Wir lassen deine Aussagen abtippen, du liest es dann auf dem Präsidium noch mal gegen und unterschreibst. Und damit ist der Fall für dich erst einmal erledigt.« Klume versuchte zu lächeln, doch es gelang ihr nicht.

»Johannes, was du getan hast, war nicht richtig. Ich verstehe, dass du jemanden schützen wolltest, aber du hast es dadurch sehr viel schlimmer gemacht. Gut, dass du jetzt alles zugegeben hast. Dir passiert nichts. Und Stefan Schultes wird auch nicht als Mörder verurteilt. Berta Bruns hat sich selbst getötet.« Meinte sah den Jungen ernst an.

»Hä? Papa, was machst du?« Frieda stand hinter mir und hatte die letzten Abschnitte gelesen.

»Bis eben habe ich sehr konzentriert geschrieben, meine Teure!« Gegen meinen Willen klang meine Stimme leicht verärgert.

»Aber jetzt hast du ja gar keinen Mord mehr! Dann ist es doch kein richtiger Krimi.« Sie klang tatsächlich enttäuscht.

»Ein Krimi braucht nicht unbedingt einen Mord. Es reicht, wenn alle denken, dass es einer sei.«

»Aber das denkt jetzt niemand mehr, wenn die Kommissare das doch sagen.«

Ich seufzte. Frieda kletterte auf meinen Schoß und scrollte mit der Maus meinen Bildschirmtext nach oben.

Ich dachte nach – doch, einen Mord gab es noch, den an Hans Stolze. Oder sollte ich diesen Tod als Unfall entlarven?

Frieda plapperte unvermittelt weiter: »Also, wenn schon die Berta einfach so tot ist, dann muss aber der Priester absichtlich umgebracht worden sein!«

»Hm, Frieda, wer könnte es denn gewesen sein?«

»Also, du hast gesagt, normalerweise ist es immer der Gärtner. Gibt es einen Gärtner in deinem Krimi?«

Ich schüttelte den Kopf. »Nee, Gärtner habe ich keine. Es gibt einen Diakon, eine Sekretärin, eine Lehrerin, einen Metzger – Mensch, der Metzger! Genau, Frieda, der Metzger war's!«

Ich schubste sie begeistert von meinem Schoß. Aber da kam Eva-Maria mit Henriette rein.

Eva-Maria schaute mich besorgt an. »Haben sie dich gehen lassen?«

Ich nickte. »Ja, endlich. Ich verstehe ehrlich gesagt gar nicht, warum ich so lange dableiben musste. War aber interessant. Und schaurig.«

»Erzählst du's mir?« Sie stand immer noch in der Tür.

»Klar, aber erst, wenn die Mädels im Bett sind.«

»Hast du das gehört, Frieda?«, entrüstete sich Henriette. »Er will, dass wir nichts wissen! Wahrscheinlich, weil er findet, das sei eine gute Gelegenheit, mir Lust zum Zeitunglesen zu machen. Aber das kommt gar nicht infrage. Schließlich habe ich dich auf die Idee mit Amos gebracht! Ich habe also ein Recht darauf, zu erfahren, welche Tragödien sich daraus entwickelt haben.«

»Du kannst froh sein, dass sie dich nicht verhört haben«, sagte ich schnippisch, »aber wahrscheinlich hätten sie dich sowieso gleich wieder rausgeschickt, wegen gravierender Mängel in biblischem Basiswissen, um nicht zu sagen Amos betreffend.«

»Oh Mann, Papa«, schnaubte Henriette, »jetzt erlebst du einmal was Spannendes, und dann sollen wir's nicht wissen!«

Ich sah hilflos zu Eva-Maria, aber die drehte sich um und sagte im Rausgehen: »Falls jemand Lust auf Pizza hat – ich hab welche mitgebracht. Treffpunkt Küche.«

Ich hatte gerade Luft geholt, um Henriette zu antworten, da waren die beiden schon ihrer Mutter hinterhergerannt. Das war meine Chance:

Im Auto sprach keiner von beiden. Erst als sie die Treppe zu ihrem Büro hinaufstiegen, sagte Klume: »Wie geht's jetzt weiter?«

Meinte schloss die Tür auf. »Wir gehen noch mal alles durch. Alles. Ganz von vorne.«

Die Tür ging auf. Henriette kam mit einem Teller Pizza Margherita rein. »Auch ein Stück?« Sie hielt mir die Pizza unter die Nase. Als ich mir ein Viertel schnappen wollte, zog sie den Teller blitzschnell weg.

»Was willst du?« Mir war sofort klar, dass diese Aktion kein harmloser Scherz war, sondern Taktik.

»Also, Papa«, begann sie mit wichtiger Miene und ließ mich einmal abbeißen. »Du bist doch früher mal Motorrad gefahren, oder?«

Ich wurde misstrauisch. Das konnte ihr nur Eva-Maria gesagt haben. Den Kindern gegenüber habe ich nie über meine Jahre mit der Enduro gesprochen, XT 500, tolle Maschine. Über Land bis nach Griechenland. Ich musste mich zusammenreißen, um nicht abzudriften.

Ich wiederholte meine Frage: »Was willst du?«

»Weißt du, Papa. Ich glaube, Motorradfahren ist echt cool. Passt auch voll gut zu dir. Weil du auch so sportlich bist und so.«

»Henriette, raus mit der Sprache, um was geht's?«

Sie wurde rot und ließ mich noch mal von der Pizza abbeißen. »Stell dir vor, du hättest dein Motorrad noch, dann würdest du mich doch bestimmt auch mal mitnehmen.«

Ich war noch am Kauen und versuchte, fragend zu schauen. Henriette redete weiter: »Und wenn jetzt halt nicht du, sondern jemand anders –«

Ich hatte geschluckt. »Du brauchst nicht weiterzureden. Mit wem willst du mitfahren? Wer hat ein Motorrad?«

»Der Joschka.« Sie sprach sehr leise und wurde ein klein wenig rot dabei.

»Welcher Joschka?«

»Joschka Martens. Ich glaube, du hast ihn schon manchmal im SC-Stadion gesehen.«

Ich starrte meine Tochter ungläubig an. Ausgerechnet der Sohn vom BMW-Händler. Der hatte dann bestimmt keine coole Yamaha, sondern so ein schweres Gerät aus dem Laden seines Vaters.

»Wie alt ist der überhaupt?« Ich spürte, wie mein Blutdruck stieg.

»Der ist schon in der Kursstufe. 17. Hier, deine Pizza.« Sie stellte mir den Teller auf den Schreibtisch. »Joschka hat mich gefragt, ob ich heute Abend mit ihm eine Tour mache. Es ist so schön draußen. Er ist ein echt guter Fahrer.«

»Sagt wer?«, fragte ich und verstand gleichzeitig, was diese Aussage bedeutete: »Dann bist du also schon mal mitgefahren. Ohne Bescheid zu sagen.«

Henriette schaute mich aus großen Augen schuldbewusst an.

Ich war ratlos: »Ich weiß nicht, was ich jetzt sagen soll. Was sagt denn deine Mutter?«

Tatsächlich fühlte ich mich von Eva-Maria ausgetrickst. Sie wusste garantiert schon ewig Bescheid, wer da ständig anrief.

»Sie findet ihn süß. Er war neulich mal da und hat mich abgeholt. Eigentlich wollte er sich dir da vorstellen. Aber da warst du gerade – im Gefängnis!«

Ich musste gegen meinen Willen plötzlich grinsen. Ob das sein Vater wusste? Dass ich im Gefängnis gewesen war? Wahrscheinlich wäre er dann das letzte Mal hier gewesen. Wäre ich Eberhard Reuter, würde ich wahrscheinlich versuchen, das dem Martens zu stecken. Aber ich war nun mal Nils Kielsen, der nette, jugendliche, sportliche, lässige

Vater zweier Töchter: »Hm, aber du ziehst dir was Ordentliches an. Lange Hose, feste Schuhe. Und eine dicke Jacke.«

Henriette nickte und strahlte. »Ich dachte, ich könnte deine Lederjacke ausleihen? Die ist ja wirklich dick und schützt bestimmt!«

Ich spürte, wie mein Kopf Nickbewegungen ausführte. Mann, meine Lederjacke!

»Juhuu, danke, Papa! Ich bin spätestens um zehn zurück.«

Sie wirbelte einmal um mich herum, drückte mir eine Art Kuss auf die Nase und war draußen.

Mir war ein wenig schwindelig. Ich zwang mich, nicht weiter darüber nachzudenken. Tatsächlich spürte ich, wie mein Privat-Amos aus einer Zimmerdeckenecke die rechte Augenbraue hob und mir einen Vortrag über den Zusammenhang von Motorradsport und Klimakatastrophe halten wollte. Schnell schob ich mir noch ein Stück Pizza in den Mund und schrieb kauend weiter:

Die Akte lag vor ihnen. Alle Fotos, alle Untersuchungsergebnisse, alle Aussagen waren in zweifacher Ausführung enthalten. Meinte legte sämtliche Kopien fein säuberlich auf einen extra Stapel. Dann nahm er sich die ausgedünnte Akte und setzte sich an seinen Schreibtisch. Er begann wortlos zu lesen. Seine Partnerin machte dasselbe mit dem Kopiestapel.

Eine gute Stunde war nur das Rascheln der Blätter und gelegentliches Räuspern zu hören. Und das Knurren eines Magens. Klume hatte Hunger.

Jean Meinte war beinahe am Ende seiner Akte angelangt, als er die Hand auf das Papier knallen ließ: »Der Metzger! Der Metzger war's!«

Überrascht sah Amrei Klume von ihrer Lektüre auf: »Der Metzger? Warum ausgerechnet der Metzger?« Sie dachte kurz nach und sprach dann mehr zu sich selbst: »Ja, der Metzger! Er war nicht im Gottesdienst. Er hätte also von draußen auf die Wand klopfen können ...«

»Und er mochte den Priester nicht!«, ergänzte Meinte. »Erinnern Sie sich, wie überrascht er war, als wir ihn nach seinem Alibi für die Nacht fragten, in der Berta Bruns gestorben ist? Er hatte damit gerechnet, für die Zeit gefragt zu werden, in der Stolze von dem Kruzifix erschlagen wurde. Von ›einer Art göttlicher Gerechtigkeit‹ hat er gesprochen. Ich habe mir diesen Ausdruck gemerkt.«

»Ja«, sagte Klume langsam, »ich erinnere mich. Es wäre möglich, dass er der göttlichen Gerechtigkeit ein wenig nachhelfen wollte. Womöglich war es ihm sogar egal, ob es Stolze oder Schultes trifft ...«

Ihr Kollege war bereits am Telefon: »Hier Kommissar Meinte. Herr Peters, wir schicken Ihnen einen Wagen. Wir brauchen Sie hier.«

Während er über Funk einen Streifenwagen zu Peters' Adresse schickte, wählte Klume auf ihrem Telefon die Nummer der Staatsanwältin. Und dann die vom Pizzaservice.

Draußen hörte ich ein sattes Motorengeräusch. Ich schaute auf die Uhr: 21:55. Immerhin, pünktlich war er, der junge Martens.

Plötzlich stand ich am Fenster und schaute raus. Da stand er, »der Joschka«. Er nahm den Helm ab und fuhr sich durch die lockigen Haare. Ich erinnerte mich daran, dass ich das früher auch immer gemacht hatte. Ein Motorradhelm ist der natürliche Feind jedes lockeren Haarschnitts.

Dann fiel mein Blick auf die Maschine und ich erstarrte: eine XT 500!

Joschka Martens fuhr eine XT 500! Ha!

Ob das sein Vater wusste? Bestimmt hatte es erst mal Ärger im Hause Martens gegeben, als rauskam, dass Herr BMW Junior keine BMW fahren wollte.

Ich ertappte mich dabei, wie ich leicht blödsinnig vor mich hin grinste. Dadurch hatte ich jetzt prompt verpasst, wie sich die beiden verabschiedeten. Na ja, da Henriette schon halb auf der Eingangstreppe war, konnte es nicht allzu innig gewesen sein.

Also, eigentlich sah dieser Joschka ja ganz nett aus. Vielleicht sollte ich demnächst mal mit ihm reden. Ob er auch manchmal Probleme mit dem Kickstarter hat. Ob er beim nächsten SC-Spiel dabei sein würde?

Ich ging gut gelaunt zu meinem Schreibtisch zurück. Ich hörte, wie Henriette die Wohnungstür aufschloss und meine Jacke an die Garderobe hängte. Dann kam Eva-Maria in den Flur und begrüßte sie fröhlich. Prompt sprudelte es munter aus Henriette heraus. Ich konnte einzelne Wörter verstehen: »So super« – »ganz vorsichtig« – »Wahnsinnsaussicht« – »so schön« – »unbedingt noch mal!«

Offensichtlich würde ich mich daran gewöhnen müssen, nicht mehr der coolste Mann in ihrem Leben zu sein. Obwohl ich auch mal XT gefahren bin!

Ich setzte mich wieder an mein Skript:

Eine knappe Stunde und eine Pizza Margherita später saß Meinte mit Peters im Vernehmungsraum. Klume und die Staatsanwältin Ahrens schauten über den Monitor zu. Peters war bereits darauf aufmerksam gemacht worden, dass er einen Anwalt verständigen konnte und überdies das Recht hatte zu schweigen. Er hatte nur den Kopf geschüttelt.

Doch auf die einleitenden Fragen gab er keine Antwort. Stattdessen kramte er lange in seiner Jacke und zog schließlich einen zusammengefalteten Umschlag heraus. Er strich ihn glatt und legte ihn vor Meinte auf den Tisch. Mit einem Kopfnicken gab er dem Kommissar ein Zeichen, den Umschlag zu öffnen.

Meinte las den Text laut vor. Es war ein vollständiges Geständnis. Mit Unterschrift. Er gab dem Polizisten an der Tür ein Zeichen.

Zwei Stunden später saß das Duo in der Trattoria La Gioia – dort gab es eine gute Weinauswahl, hervorragend gekochte Gerichte und mitunter illustre Gäste. Auf jeden Fall eher wenig Halbwelt. Klume prostete ihrem Kollegen zu: »Zum Wohl, Monsieur le Hugenotte. Ich bleibe beim Bier. Auf Amos!«

Meinte führte mit einem angedeuteten Anstoßen das Weinglas zum Mund. Als er es wieder absetzte, sagte er mit nachdenklicher Miene: »Was nun wohl aus dem schönen Diakon wird? Die Damen Nolte und Weber wollten keine Anzeige gegen ihn erstatten, und wie illegal die Internetgeschäfte von ihm und Pleschke wirklich waren, muss erst noch untersucht werden. Womöglich wird er noch vor dem Ergebnis zum Priester geweiht.«

»Dann könnte ich ihm ja bei einem Gottesdienst mal noch sein Taschentuch zurückgeben. Am besten ungebügelt – schließlich habe ich keine Haushälterin …« Klume hörte selbst, dass sie sich beleidigt anhörte. Sie versuchte es in einer anderen Tonlage: »Jedenfalls kann er dann ganz rechtmäßig Messen feiern. Mit Messdienern. Und was wird wohl aus unserem Metzger Peters?«

»Wenn er Glück hat, kriegt er nur Bewährung. Sein Geständnis klang so, als ob er seinem Gemeindeleiter nur mal einen ordentlichen Schrecken einjagen wollte.«

»Wenn die übrigen Häftlinge Glück haben, meinen Sie. Stellen Sie sich vor, Peters im Bau – der versucht doch alle vom wahren katholischen Glauben zu überzeugen. Da will ich nicht Anstaltsgeistlicher sein.«

»Na ja«, jetzt lächelte Meinte und schwenkte den Wein im Glas, »das würde ihm in der Freiburger

JVA ziemlich schnell ausgetrieben werden. Meines Wissens teilen die beiden Anstaltsgeistlichen, also der evangelische wie der katholische, in ihren Gottesdiensten grundsätzlich allen Mitfeiernden das Abendmahl aus, sogar den Muslimen.«

Klume ließ ihr Bierglas gegen den Weinkelch klingen: »Wenn das Amos wüsste …«

Weitere Titel finden Sie auf den folgenden Seiten und im Internet:

WWW.GMEINER-VERLAG.DE

Sibylle Luise Binder
Mord bei den Seefestspielen
Kriminalroman
378 Seiten
13,5 x 21,5 cm
Premiumklappenbroschur
ISBN 978-3-8392-2583-7
€ 15.00 [D] / € 15.50 [A]

Bei den Seefestspielen in Bregenz am Bodensee wird Verdis »Don Carlos« geprobt. Im Mittelpunkt steht Mario Miercoledi, der zum Bariton mutierte Ex-Supertenor. Doch so sehr ihn seine Fans verehren, so verhasst ist er bei den Kollegen. Darum wundert es auch niemanden, als er umgebracht wird. Doch wer war es? Alle scheinen verdächtig und die Polizei tappt im Dunkeln. Doch Regieassistentin Victoria Benning kennt ihre Szene und ist neugierig genug, um die Nase in diese Angelegenheit zu stecken.

GMEINER SPANNUNG

WWW.GMEINER-VERLAG.DE
Wir machen's spannend

Manfred Eichhorn
Ein Haiku für die Leiche
Kriminalroman
282 Seiten
12 x 20 cm
Paperback
ISBN 978-3-8392-2471-7
€ 12.00 [D] / € 12.40 [A]

Kommissar Lott hat keine Lust mehr, ein Jahr trennt ihn noch von seiner Pensionierung. Doch als in einem Waldstück im Schönbuch ein toter Luchs gefunden wird, müssen Lott und seine neue Kollegin Britta Zorn ermitteln. Ein Haiku wurde, offenbar vom Täter, bei dem toten Luchs platziert. Doch aufklären können Lott und Zorn den Fall trotz intensiver Ermittlungen nicht. Wochen später wird ein totes Mädchen in Ulm aufgefunden. In unmittelbarer Nähe prangt ein Zettel, es ist ein Haiku – Schrift und Material mit dem Haiku an der Tierleiche von vor einigen Wochen identisch …

GMEINER SPANNUNG

WWW.GMEINER-VERLAG.DE
Wir machen's spannend

Manfred Bomm
Schlusswort
Kriminalroman
544 Seiten
13,5 x 21,5 cm
Premiumklappenbroschur
ISBN 978-3-8392-2590-5
€ 15.00 [D] / € 15.50 [A]

Kurz vor dem Ruhestand wird Kommissar August Häberle mit gefälschten Medikamenten und einem Drohnen-Unglück konfrontiert. In beiden Fällen führen die Spuren ins oberschwäbische Bad Waldsee, wo ein Pharmahändler auf merkwürdige Weise ums Leben kommt und einige Ärzte und Apotheker um ihren guten Ruf bangen. Was Häberle nicht ahnen kann: Es gibt auch einige Frauen, die eine dubiose Rolle zu spielen scheinen. Noch während Häberle seinen 20. Fall klären will, wird bereits seine Abschiedsfeier organisiert …

GMEINER SPANNUNG

WWW.GMEINER-VERLAG.DE
Wir machen's spannend

Bernd Gunthers
Die Kuh kennt keinen Galgen
Kriminalroman
311 Seiten
13,5 x 21,5 cm
Premiumklappenbroschur
ISBN 978-3-8392-2568-4
€ 15.00 [D] / € 15.50 [A]

Dass bei Milka Mayrs Teilnahme an einer Drückjagd im Hohenlohischen ein Unternehmer umkommt, lässt ihr keine Ruhe. Dass kurz danach ausgerechnet dessen Wettbewerber bei einem höchst merkwürdigen Unfall das Zeitliche segnet – kann nicht sein. Auch Hauptkommissar Eichert erkennt dies nach Milkas hartnäckiger Einmischung. Nur Täter und Motive lassen sich nicht finden. Erst als Milka sich zu weit vorwagt und selbst in Gefahr gerät, wird klar, wo sie suchen müssen. Weit zurück in der Schwäbisch Haller Historie.

GMEINER SPANNUNG

WWW.GMEINER-VERLAG.DE
Wir machen's spannend

Christine Rath
Mondblumenrätsel
Kriminalroman
438 Seiten
12 x 20 cm
Paperback
ISBN 978-3-8392-2582-0
€ 14.00 [D] / € 14.40 [A]

In einer dunklen Neumondnacht am Bodensee kehrt die 17-jährige Lola nach einem geheimnisvollen Rendezvous nicht zur Jugendherberge zurück. Die Kripo ist alarmiert, vor allem, als Blut und der Schuh des Mädchens gefunden werden. Wenige Tage später wird auf dem Gelände der Landesgartenschau ein mit Mondblumen geschmücktes Grab entdeckt, in dem ein Mädchen im Brautkleid liegt. Ist es Lola? Die Kripo arbeitet auf Hochtouren, doch alle Spuren führen ins Nichts …

GMEINER SPANNUNG

WWW.GMEINER-VERLAG.DE
Wir machen's spannend

Harald Schneider
Festakt
Kriminalroman
279 Seiten
12 x 20 cm
Paperback
ISBN 978-3-8392-2571-4
€ 12.00 [D] / € 12.40 [A]

Kurz vor Beginn der 1250-Jahr-Feier der Stadt Sinsheim findet ein Wissenschaftler ein unbekanntes Pergament, das das Jubiläum infrage stellt. Doch bevor sein Fund veröffentlicht werden kann, wird er bei einer Buchvorstellung in der Sinsheimer Stadthalle ermordet. Kommissar Reiner Palzki soll den gewieften Mörder jagen. Aber die Ermittlungen innerhalb der örtlichen Politprominenz stellen Palzki vor ungeahnte Schwierigkeiten. Während er den Oberbürgermeister sowie den Ortsvorsteher von Dühren verdächtigt, kommt es zu weiteren unerwarteten Todesopfern …

GMEINER SPANNUNG

WWW.GMEINER-VERLAG.DE
Wir machen's spannend

Silvia Stolzenburg
Die Begine von Ulm
Historische Romane
310 Seiten
12 x 20 cm
Klappenbroschur
ISBN 978-3-8392-2552-3
€ 12.00 [D] / € 12.40 [A]

Ulm 1412. Als die junge Begine Anna Ehinger ihren Dienst im Spital der Stadt antritt, ahnt sie nicht, dass die Vorkommnisse im Infirmarium ihr Leben für immer verändern werden. Während der Siechenmeister Lazarus sie in ihre Aufgaben einweist, wird ein furchtbar zugerichteter Mann ins Spital eingeliefert, der wenig später seinen Verletzungen erliegt. Als sich nach einer Leichenschau herausstellt, dass der Mann ermordet worden ist, beschließen Anna und Lazarus, der Sache auf den Grund zu gehen und bringen sich damit in tödliche Gefahr. Denn bald tauchen weitere Leichen in Ulm auf …

GMEINER SPANNUNG

WWW.GMEINER-VERLAG.DE
Wir machen's spannend

DIE NEUEN Lieblings-Plätze

ISBN 978-3-8392-2628-5

ISBN 978-3-8392-2615-5

ISBN 978-3-8392-2620-9

ISBN 978-3-8392-2635-3

ISBN 978-3-8392-2618-6

ISBN 978-3-8392-2623-0

ISBN 978-3-8392-2630-8

ISBN 978-3-8392-2631-5

ISBN 978-3-8392-2632-2

ISBN 978-3-8392-2405-2

ISBN 978-3-8392-2622-3

ISBN 978-3-8392-2545-5

ISBN 978-3-8392-2629-2

ISBN 978-3-8392-2634-6

GMEINER KULTUR

WWW.GMEINER-VERLAG.DE

Mensch, Kultur, Region